小石と蒼穹

あの時代に中国人難民を支援した
若者たちがいた

希代準郎

郁朋社

小石と蒼穹　—あの時代に中国人難民を支援した若者たちがいた—／目次

装画／井上文香
装丁／宮田麻希

プロローグ

静かに目をつぶっていた老人は奮えるか細い手を伸ばすと暮れなずむ窓辺を指さした。付き添っていた夫人が病室の窓をそっと開けた。硝子戸の隙間から晩秋のひんやりとした風とともに一枚のもみじ葉が待っていたかのようにスーッと舞い込んできた。
あら、と夫人が声を漏らしたのは、夫から、死後、棺に納めるようにと念を押されている短歌を思い出したからだ。

蔦《つた》照葉
摘みて書物に
挟みたり
幾年月の
秋とどむべく

夫人は床に落ちたもみじ葉をそっと拾い上げると、老人の枕元に置いた。老人は既に葬儀目録を整え、神に召される時に読むべき聖書の箇所と讃美歌を指定していた。もうほとんど寝たきりの状態だったが、何か話したいことでもあるのか、口を弱々しく動かしている。夫人が近づきやさしく声をかけると、唇がかすかに動いた。

「アーメン、ハレルヤ、いざ行かん、畏るるなかれ」

小さな声だったが、確かにそう聞こえた。

聞き返すと、今度は、愛、し、て、い、る、とつぶやく。本気なのか、冗談なのか、あなたって人は、本当にわからない人ね、と夫人は寂し気に頬を緩めた。

老人は目を細め遠くを見ている。何を思っているのだろう。京都の貧民街での若いころの活動か、大陸に渡り、中国人難民の世話をした戦時中の思い出か。中国に永住するつもりが帰国、戦後も苦しいことの連続だった。結婚してからも本当に貧しく、どこへ行くにも自転車だった。夫人もよく、荷台に乗せてもらったものだ。あれこそ、幸せというものだと今になってわかる。苦労を苦労とも思わず、誰に知られることもなく、乏しいロウソクの灯でいつも周囲を温かく照らそうとしてきた。それだけは間違いない。

老人は静かに目を閉じた。夜が更けていく。夫人は毛布を掛けなおしながら、懐かしい遠い日々のことに思いを巡らせる。

第一章　京都駅裏

一

京都駅裏、洛南の九条に東寺という寺がある。嵯峨《さが》天皇より弘法大師空海に下賜《かし》され真言密教の根本道場として栄えたが、庶民には「お大師さまのお寺」として親しまれている。

まだ夜も明けきらぬ午前三時すぎ、春とはいえ寒さが身に染みる。黒っぽい背広を着た大柄な男が開門にあわせて九条通りから南大門をくぐり、境内の参道に敷き詰められた玉砂利を踏んで歩を進めていた。

そこだけわずかに明るくなっている灯の下に近寄ると、それを頼りに聖書を読み祈りをささげた。金堂の手前を右に折れると五重塔である。木造としては日本で一番の高さを誇るこの寺のシンボルであるが、あたり一面の闇とあって今この時間はその威容をおがむことはできない。

塔へ上がる石段は四段のみだが、階段の石に意地悪な高さがあり歩きにくい。空海が天長三年に塔の造営を願い出て大勢の僧と人夫で東山から材木を運搬したと伝えられるが、完成は没後五十年もたってからというから、時の流れのゆったりした時代だったのだろう。

塔はその高さゆえ落雷などで何度も焼失し、現存する塔は寛永二一年、西暦で言えば一六四四年に再建した五代目である。内部は極彩色にいろどられた密教空間だが、鳥羽伏見の戦いでは薩摩の西郷隆盛がここにのぼり官軍の指揮をとったともいわれる。

一階の内部に足を踏み入れる。心柱を大日如来に見立て、須弥壇の上に阿閦《あしゅく》如来、宝生如来、阿弥陀如来、不空成就如来の金剛界四仏と八大菩薩がロウソクの明かりにぼんやりと照らし出されている。

壁に描かれているのは真言八祖像らしいが、色が落ち半ばはがれかかっている。心柱の基部には空海が唐から持ち帰った仏舎利が納められていると聞いた。空海は延暦二三年、三十一歳で私費留学生として唐に渡っている。青龍寺の恵果和尚《けいかかしょう》から真言密教を学んだ。そのことを知って、男は隣国の中国を身近に感じた。


ようやく空が明るみ始めた。彫りの深い顔に高い鼻と大きな口が意志の強さと頑固さを表している風貌の大男は、いくらか早足になって南大門に引き返した。学生服を着た若者が早くも路上生活者に炊き出しの雑炊を配っている。

東寺周辺には底辺労働者の安宿が密集しているが、そこに泊まる金も持ちあわせていない、いわゆるルンペンや浮浪者のほか、流れ者、病人が門の前にゴザやむしろを敷いて横になっていた。ニューヨークの株式大暴落の影響を受けた日本では底なしの不況が続いており、中小企業や工場の首切り旋風が吹き荒れていた。西陣でも職を失う女工が相次ぐほどだった。

野宿している人たちの中に顔や手を包帯で覆った人たちが混じっていた。癩病にかかり村八分で故郷を追われた患者たちである。遺伝病とか不治の病として忌み嫌われており、こうした人たちは名前を伏せ、ひとりで、あるいは親子連れで全国を放浪しているのである。

「芝垣《しばがき》さん、おはようございます。いつもながらお早いですね。今朝は冷えますから、温かい雑炊は皆さんに喜ばれそうですよ」

学生は、炊き出しに列をなしている男たちに手早く雑炊の椀を振る舞いながら元気よく挨拶してきた。江河義雄《えがわよしお》といい、色白で、いかにも育ちのよさそうな顔が印象的だ。江戸時代から代々続く医者の家に育ったらしい。京都大学の医学部に合格したばかりだった。芝垣と呼ばれた男は大仰に身震いしてみせ、

「ああ、江河君、毎朝、ご苦労さん。雑炊をどんどん配ってくれ。こう寒くては身体が縮み上がってしまう、はっ、はっ、はっ。皆さん、どうぞ、遠慮しないで食べてくださいよ。好漢、江河義雄君が腕を振るいに振るった栄養たっぷりのスペシャル雑炊です。心配は要りません。毒は入っておりません。ちょっぴり毒があるのはお上に向けた私の言葉だけ。政治家を厳しく批判するのは、ご存知の通り、私、社会事業家の芝垣三郎の重要な仕事であります。皆さん、雑炊どうです、おいしいでしょう」

と大声を出した。

照れる江河に芝垣は「それにしても君。こんなに早く来てくれてありがたいんだが、大学の勉強の方は大丈夫なのか」

「ええ、新学期はこれからなのでまだ暇です。それに教会の方が大学より面白いですから」

「医学部は勉強が大変だぞ。実は俺も医学部志望だったが挫折した。それでも医学専門書を読み漁っているから、君より詳しいかもしれん。いずれにしろ、授業は大事だ。今のうちから少しずつやっておくと後が楽だ。さぼっちゃ駄目だぜ」

江河は入学前の高校生時代に芝垣から勉強を見てもらったことがあり、その縁で芝垣が責任者をしている洛南教会伝道所で一緒に活動している。といっても芝垣が誘ったわけではなく、セツルメント

の活動に関心を持っていた江河が偶然、教会を訪ねてきたのである。再会を喜び合ったふたりだが、芝垣にとって信仰心が篤く、気心の知れた江河が仲間に加わってくれたことは心強かった。

列の間からは韓国語も聞こえてくる。

「芝垣さん、最近、ここへ来る朝鮮半島出身者の数が増えているような気がしませんか」

江河がつぶやいた。朝鮮人が多いのは明治四三年（一九一〇年）の日韓併合が原因である。朝鮮総督府が土地調査事業を実施したことで土地を奪われた人たちが仕事を求めて半島から日本へ流入したのだ。

このころ、京都には、二千人から三千人の朝鮮人労働者が集まっていたといわれる。彼らは、宇治川発電所工事や東山トンネル工事、鉄道院奈良線の敷設工事に従事したほか地場産業である染色工場の工員に職を得ていた。

「数が増加したのは、江河君らの活躍で教会の炊き出しが有名になってここに来る連中が増えているからじゃないのかな。生活が大変なのは日本人も朝鮮人も変わらんわ」

「いえいえ、僕の力なんて知れていますよ、芝垣さん。多分、景気が悪いせいと違いますか。それと、うわさでは、光州学生事件で弾圧を恐れた朝鮮人学生が日本へ逃げてきているという話です。ひょっとしたら、ここにも怪しい奴がまぎれているかもしれませんね」

そう声をひそめる。

おととしの秋、日本統治下の朝鮮全羅南道の光州で、日本人の中学生と朝鮮人の高等普通学校生がケンカになった。日本人側が朝鮮人の女の子に侮辱するような言葉を口にしたのが発端で、当初は小競り合いだったのが、応援を得た朝鮮人が示威行動を展開。

日本人学生はおとがめなしで、警察が検挙した朝鮮人学生だけが起訴されたことから、一挙に抗日運動にまで広がった事件があった。

「それは本当か、知らなかった。満州の間島《かんとう》で反日朝鮮独立の武装蜂起もあったし、今後も抵抗運動は続くだろうな」芝垣は表情を曇らせた。

「世界恐慌は植民地にも少なからず打撃を与えているでしょうし、民族解放運動の国際的な高揚が影響しているのも間違いないところですね」

江河がそう言いながら顔をあげた時だった。

炊き出しの列が大きく揺れた。同時に話し声が止んだ。三人の警察が踏み込んできたのだ。先頭にいるのは、制服のボタンがはじけそうなくらいお腹が膨らんだ肥満体の男だった。てらてら光る赤ら顔で意地悪そうな小さな目が油断なく動いている。

「おい、こら、そこの包帯。お前だ。お前ら浮浪癩患者だろう」

太った男は警棒を振り回しながら、横になって伏せていた癩病患者の前に仁王立ちになった。

「お前ら患者が菌をまき散らかすから政府も困っておる。神国・日本に不浄の病があってはならない。患者は結局、完全隔離しかないちゅうことになってだな。瀬戸内海の長島に国立療養所が開園したばかりじゃ。古い療養所もこれから国の管理に移管する予定だ。みな、そこに入ってもらうことになる。お前らも、こんなところにごろごろしておるより、その方がいいだろう。なっ、悪いことは言わん。そこへ行け」

そう怒鳴ると包帯姿のひとりの患者に近づき警棒ではしっと打ち据えた。

何をするんだ、ウワーッ、痛え、やめろ、と老人の悲痛な叫びがあがり、娘だろうか隣の女の子が、やめてと言って老人をかばった。口を真一文字に結び、太った警官をにらみ据えている。子どもながらに相手に向かっていく迫力があった。

江河がさっと警官との間に体を滑り込ませ女の子と老人を守る形をとった。警官と江河らがにらみ合い、緊迫した雰囲気になった。

「待った、待ったぁ。まあ、ちょっと待ってくださいよ、布袋《ほてい》さまのような立派なお腹をしたお巡りさん。どういうことだい。やめてくれませんか。病人に何をするんだ。女の子も泣いているじゃないか。かわいそうにな」

突然、大きな声で割って入ったのは芝垣だった。

「なんだ、お前は」顔を真っ赤にした布袋警官は、背の高い芝垣に挑むように背伸びしながら反り返って憤然とやり返した。

「私か。近くの教会で働いている芝垣三郎という者だよ。癩病は感染力が弱くうつることはない。医学的な常識ではそういうことになっている。知らないようだから教えてあげよう」

芝垣は鷹揚な態度で、ニヤリと笑った。

面目を失った警官はますますいきりたち、芝垣に向かって警棒を振りあげた。危ないと誰もが思ったが、その棒が振り下ろされることはなかった。警官がウッと苦しそうな声を発して顔を押さえながらその場にうずくまったからだ。

どうしたのかと周囲もいぶかった。よく見ると、顔をおおった手の指の間から鮮血がほとばしっている。う、う、う、という声が漏れ、痛さに身をよじっている。

手前に拳大の石が転がっているところを見ると、誰かが警官めがけて投石し、それが見事に顔面をとらえたようだ。一瞬、無遠慮な歓喜のどよめきが広がったが他の警官の鋭い視線の前にすぐに静まった。

「あっ、あいつだ」

炊き出しを待っている男たちの後方から急いで走り去った男を若い警官が指さし、追いかけた。もう一人の警官がそれに続くと、布袋警官も血だらけの顔をものともせず、でっぷりしたお腹を抱えながら、ウオーッとうなりながら走り出した。しかし、足取りはおぼつかず、誰かが故意に投げ出したであろう足につまずいて、すってんころりと見事にひっくり返ってしまった。立ち上がろうとしてまた転んだ。

「いやあ、すっかりお世話になってしもうて、ありがたいこってす。風呂なんて故郷の島根の山奥を出てから初めてで、考えてみりゃあ半年ぶりじゃね。癩病になった途端、村八分で生まれ故郷を追われてしもて。世間は冷たいもんですな。芝垣さん、今日はありがとうござんした。この恩は一生忘れんです」

吉田仙吉《よしだせんきち》と名乗った男は洛南教会伝道所で湯につかった後、崩れかけた顔や手に包帯を巻き直しながら何度も頭を下げた。

教会は静穏な空気に包まれ、窓から入る日差しで暖かかった。仙吉はゆったりとくつろいでいる。垢を落としてみると意外に若かった。この年、癩患者を隔離するための癩予防法が制定され、政府は癩患者を収容するよう都道府県に指示、官民挙げての無癩県運動が展開されていた。

「なあに、気にせんでいいですよ。全国あちこち、患者の存在を当局に密告する患者狩りが行われておる。残念なことだ。恐ろしい病気、業病という悪宣伝も行き渡っていて、あちこちで差別が起こっている。けしからん。病気になったのは本人の責任ではない。お気の毒な患者を、皆で温かくお世話しなくちゃいかんのになあ。癩病は今に始まったわけじゃない。聖書にも出てくる古い病気なんだよ。それを大騒ぎするとは、日本という国自体が病んでおるんじゃないかな」

芝垣の義憤を見て仙吉が少し能弁になった。

「患者狩りはそれはひどいものですよ。わが家に、警官と保健所のお役人を先頭にして村の衆が押しかけてきましてね。消毒で家は真っ白じゃ。親戚の連中までやって来て、恥ずかしいから村から出ていってくれと。カアちゃんはとうに死んでいるし、娘の百合《ゆり》とふたり暮らしだったじゃが、旅に出るしかない状況だった。不憫なのは百合じゃ。病気でもないのに、こんな目におうて」

仙吉は目頭をぬぐった。百合はずいぶん色が黒いと最初は思ったが、風呂に入ると色白のかわいい子だった。伏し目がちの寂しそうな姿が痛々しかった。江河が二人を励ますように、

「患者の仮収容所が近くにあります。仙吉さんはとりあえずそこに身を寄せたらどうですか」

ガラガラと玄関の引き戸が開けられた。ここは教会といっても普通の二階家を借りているので、つくりは純日本風である。がっちりした体格の若い男が顔をのぞかせた。端正な顔立ちだが、何か油断

のならない不穏な空気をまとっている。竹財幸人《ちくざいゆきと》である。

「誰かと思ったら、竹財さんじゃないですか。ずいぶん早いお出ましですね」と江河が声をかけた。

「いや、なに、この古鐘を二階の露台にかけたらいいのではないかと思ってね。ほら、突端に十字架をつけた竿を立ててあるだろう。あれにぶらさげるのさ。夕方の礼拝や日曜学校の始まりに鳴らしたらどうかな」と手に持った重そうな鐘をぐいと突き出して見せた。

「まさか、それどこかで盗んだ物と違うでしょうね」

「盗んだ？　おい、おい、江河君、同志社大学の図書館司書さまに向かって失敬なことを言うもんじゃないぞ。これは駅裏のゴミ置き場に捨ててあったものだ。場所が場所だけに置き引きにも当たらんだろう。むしろ、掃除のお手伝いをしたようなものだよ。誰に遠慮がいるものか」

と竹財はそのまま階段を二階に上がろうとした。

「ちょっと待った」と芝垣が声をかけた。「君、ひょっとして、今朝、東寺にいなかったか」

江河と吉田親子がはっとなって竹財の顔を見た。

「東寺？　さあて、下宿がその近くだから、朝の散歩であの寺の近くはよく通りますがね。今朝も行ったような気がしますが」

しれっとして、そう答えると、トントンと階段をリズミカルに昇っていった。

「散歩かかけっこか知らんが、あまり調子に乗るのは困りものだな。野球では投手をやっていてコントロールには自信があるのかもしらんが、お巡りを傷つけるのはよくない。どこかでお世話になることだってあるんだから」

道路をコロコロと転がっていた布袋警官を思い出して百合がクスッと笑いを漏らしたのをきっかけに全員が笑い声をあげた。芝垣も表情を崩している。

間もなくしてカーン、カーンと、元気に鐘をたたく音が室内にも響いてきた。必要以上に音が大きいのは、竹財流の照れ隠しなのかもしれなかった。

芝垣は同志社大学神学部を卒業したばかりだった。といっても、同級生より十歳も年をくっている。甲府の生まれだが、大阪の船会社に就職し兵役も経験した。芦屋で洗礼を受けた後、一旦は医者になろうと独自に勉強を始めたが、結局、挫折。新島襄に憧れて同志社大学に入った。卒業と同時に引き受けたのがこの教会で、地域に入り込んでセツルメント活動を行うつもりだった。

毎週日曜日にはここに大勢の子どもたちが姿を見せる。建前は聖書の勉強ということになっているが、皆の目当てはお昼の食事だ。おにぎりに漬物、味噌汁といったメニューだが、お腹を空かせた子どもにはごちそうなのだ。童話伝道会や夏には神戸の海で臨海学校を開けないかと芝垣は夢を膨らませている。

「ちょうど今から病院と癩病患者の仮収容所へ慰問に行く予定になっている。どう、いっしょに行こうか」

芝垣は仙吉、百合の親子にそう声をかけた。ちょうど竹財が二階から降りてきた。

「僕もご一緒していいですか」

「竹財君、それはいいけれど。君はどうせまた、雪沢綾《ゆきざわあや》さんに会うのが目的と違うか」

竹財は大学でも女性に人気がある。図書館に勤める女性職員のあこがれの的だという噂を聞いたこともある。要領がいいくせにどことなく影があるところが女心をくすぐるらしい。

「綾さん、ハッ、何をおっしゃるんですか。悪い冗談はやめてくださいよ。社会勉強ですよ、社会勉強」

竹財は柄にもなく顔を赤くして照れた。

二

京都市内の癩病仮収容所は粗末な建物に患者があふれていた。ベッドは満杯でふさがり、患者は床にゴロゴロと横たわっていて足の踏み場もない。窓を閉めているのですえたような異様な匂いが目を刺激する。

吉田仙吉親子は雰囲気に圧倒されたまま茫然と立ち尽くしている。自分と同じ病を抱えた人たちだけに仲間意識があってもよさそうなものだが、そんな感じはまったくない。患者が閉じた空間にこれだけ密集しているのを見るのはもちろん初めてだったから、その異様さに戸惑いを覚えたのだろう。自分の感じてきた苦労や心の痛みが大きな塊になって渦を巻いているような気がしたのかもしれない。

芝垣は日ごろ慰問で聖書を読んだり説教をしたりしているだけに慣れたもので、皆さん、おはようと声をかけながら板張りの大部屋をずんずん奥へ入っていく。竹財があわてて後に続く。

「あら芝垣さん、おはようございます。竹財さんもご一緒で。お久しぶり」

看護婦の綾が声をかけてきた。小柄でほっそりしているが、若いし、いつ見ても颯爽としていて患者たちに慕われている。芝垣と話をしながら、近くの癩病患者に毛布を掛けたり肩を撫でたり、いつも忙しそうに働いている。

「綾さん、のんべえの林所長を呼んでくれんかな。新しいお客さんを連れてきたんだ」

「あら、所長さんどこかしら。しょっちゅうさぼってばかりで、困っているのよ。ご覧の通りの大繁盛なのに。収容定員が百人だというのに、もう三百五十人を超えています。無癩県運動というのもひどいものです。みなさん、強制的に家を追い出されてきているんですよ。残酷な話です」

「確かに立錐の余地もないというのはこのことですね」

竹財も困惑気味だ。その竹財が何を思ったか、急に綾の背中を指さして「あっ、蜘蛛だ」と黒いものをつまみ取った。キャーッ、取って、取って、早く、という綾の悲鳴。

「あれ、ゴメン。蜘蛛だと思ったら黒い毛糸だった。ウフフ」竹財はペロリと舌を出した。

「ちょっと竹財さん、悪い冗談はやめてくださらない。いつもこんなんだから。本当に困った人ね」

二人のやりとりにいらだったように芝垣が不機嫌そうな声をあげた。

「綾さん、こんな状況で、いったい所長の林さんはどこにいるのかね」

「さあ、ひょっとすると役所に陳情に行っているのかもしれません。この人数なんとかならんかと話していましたから。それでなければ、疲れ果てて酒飲んで奥で寝ています。ちょっと見てきます」

患者は男が大半だが、家族連れや夫婦も目につく。目の見えない人、顔や手に包帯を巻いている患者が多いのは、癩菌が末梢神経や皮膚で増殖するからだ。悪化すると神経痛、角膜の知覚障害による失明、顔や手足の変形を伴う。こんな状態で介助者もいないまま村八分にされたらとても生きていけそうにない。

　ようやく、林所長が顔を見せた。どうやら役所から帰ってきたところのようである。それで、どうなりましたかと綾が熱心に問いかけるが、所長は無愛想に右手を横にひらひらと振るばかりである。

「なんの、どうもこうもありゃしない。定員をオーバーしてもいいから、どんどん収容しろだと。じゃあ、食費や布団代の補助を追加してくれるのですねと念を押すと、そんな金はないとピシャリ。いやあ、ひどいもんですわ。酒でも飲まないとやっておれないよ」

「役所というのは相変わらずだなあ、ところで所長。満杯で恐縮だが、もう二人なんとかならんか」

芝垣が仙吉と百合をみやる。

「ええっ、勘弁してくださいよ、芝垣さん。もう無理、ムリ、絶対ムリ」

「そこを何とかするのが、林所長、あんたの役目でしょう。遠くからここまでやって来た気の毒な親子を放っておくわけにもいかんでしょうが」

　芝垣の頼みを聞いてしばらく思案顔だった所長だが、

「そういえば、役所の担当者がこう言っていましたよ。去年、長島に初の国立療養所を設立したように、政府も癩病対策には力を入れている。明治以来の従来の療養所も順次国立に切り替える予定で、収容人数を増やす方針だから、どんどん仮収容所からそちらへ送り込んでほしい。そういうことでした」

「病気を治したり、癩病患者を救済するというのが明治四〇年の癩予防ニ関スル件という法律の趣旨だったはずだが、所長の話を聞いていると、何か強制収容のような感じがして嫌だね」

「芝垣さん、そうは言っても、ここにいるよりはいいんじゃないですか。ここじゃあ、ベッドどころか床で横になるのも難しそうだ」

芝垣と林所長のやりとりに耳を傾けていた竹財がそう横から口を挟んだ。

仙吉と百合は不安そうに顔を伏せたまま無言だ。

「京都出身者などを収容する大阪の外島保養院は混んでいますが、他はまだ余裕があるようです。失礼ですが、仙吉さんとやら、ご出身はどちらですか」そう尋ねる林所長に、仙吉が答えた。

「はあ、島根ですが」

「島根ねえ。島根の人は、岡山、広島、山口、それに四国の人といっしょで、瀬戸内海に浮かぶ香川県の大島療養所に行ってもらうことになります。海のきれいないいところですよ。まだ、ガラガラに空いています。どうしますか、仙吉さん、行きますか」


京都駅で竹財は、俺たちはばい菌じゃないぞ、と大いに憤慨してみせた。返ってきた駅員の言葉は「何を言うか。癩病というのはばい菌だ。消毒、消毒。ホラ、ホラ、消毒だ」

仙吉と百合、それに付き添いの芝垣と竹財の四人連れは京都駅から鉄道で高松に向かうことになった。療養所に同行する芝垣に竹財も便乗する形になった。

しかし、駅での扱いがひどかった。駅員が全員に、消毒のためと称して白い粉を全身にかけまくったのだ。そして、歩いた後を追いかけ、ご丁寧なことにホームまで消毒して回るのである。

「おい、おい、やめてくれないか。癩病は簡単にはうつりはしないんだ。少しは医学知識を勉強したらどうなんだ」

芝垣が叫ぶと、後ろから、消毒粉もっとかけろという意地悪な声が聞こえた。振り向くと、どこかで見たずんぐり体型の男が立っている。東寺のあの布袋警官だった。顔に大きな絆創膏を張っている。角張った顔の中で鋭い目つきが際立っていた。

芝垣が三人に目配せした。

「これは、これはお巡りさん、お役目ご苦労さまです。お初にお目にかかります。ところで、その絆創膏、どうしたんです。何かケガでもされたんですか」

さりげなさを装って竹財がさぐりを入れた。もっとも、よく見れば、目の周囲にいくらか緊張した雰囲気を漂わせてはいたが。しかし、布袋は竹財や芝垣、仙吉、百合のことも、それとは気づくことなく苦虫をかみつぶしたような表情で、

「余計なお世話だぞ。ふん、若造のくせに生意気言うんじゃない」と一歩を前に出た。それは失礼、竹財は顔を横に向けて逃げ腰である。

ポーッ――――。汽笛を鳴らしながら、列車がホームに近づいてきたので、皆がそちらに目をやった。石炭の煤で汚れた蒸気機関車が煙を吐きながらホームに滑り込んできた。

「お前たちは、一番後ろの貨車だ」

布袋警官は警棒で客車の後ろにつながれた窓のない真っ黒な車両を指した。竹財が舌打ちをして不満そうな顔をしたが、芝垣が黙って貨車の方へ向かったので、渋々後に続いた。

歩きながら、ふと腰をかがめると素早く何かを拾った。瞬時、布袋は何かがビューッとすごいスピー

ドで頭をかすめたような気がした。思わず振り向いたが、退屈な駅舎風景が目に映っただけだった。何事も起きていなかった。気のせいかと思いながら首を元に戻そうとした時、竹財と目が合った。どこかで会ったことのある顔のような気もしたが、、それ以上のことは思い出せなかったようである。

　貨車のなかには既に七、八人の先客がいた。席はなくただ床が広がっているだけである。遠くからやって来たのか、誰もが疲れ果てた様子で床に倒れ込んでいた。皆、男で、押し黙ったまま静かにこちらをにらんでいる。目に憎悪の色はなく、あるのは痛々しいまでの怯えの揺らめきの重なりだった。仙吉と百合は車両の隅に座を占めた。芝垣と竹財はしばらく立っていたが、やがて腰を下ろした。

　高松港からは古い木造船に乗った。ここから八キロ先の大島に向かうのだ。春の柔らかい日が差し込む風光明媚な瀬戸内海は波もなく、青い空と海がゆったりと続いていた。

　仙吉はかばうように百合の背中にそっと手を置いた。お前には苦労をかけるな、そうつぶやいたが、百合は無言だった。海を見つめるその横顔は怒りを抑えるかのように唇が硬く引き結ばれていた。幼いながらに世の理不尽さに抗議の声をあげているかのようだった。

　芝垣は同情というより、ある種の畏れを感じた。この子は幼くしてこの世の地獄を見てしまったのかもしれない。心の傷がいつか癒される時が来るのだろうか。そう思わざるをえなかった。

「仙吉さん、病気でない百合さんも療養所で暮らせるということですが、大丈夫なんですか」竹財が尋ねた。

「ああ、行くところがないのでな。子どもは住まわせてくれるんじゃよ。家族で来る人も結構おる。大人は相部屋で、子どもは専用の寮に入れてもらえるようだ。そこでは勉強も教えてくれる。誰か面倒をみてくれる人がいたら、本当は外で生活させてやりたいんじゃが。一生、療養所暮らしじゃ、あまりにも不憫じゃないかね、ねえ、芝垣さん」

「ああ、大きくなったらうちの教会で引き取るのも可能かと思う。仙吉さん、よく考えて。百合さんも、私のことを忘れないようにな」

百合は芝垣のほうへチラッと顔を向けただけだった。

大島の東は小豆島、西が鬼ヶ島のモデルといわれる女木島で、南が源平合戦の舞台となった壇ノ浦である。歴史と伝説に彩られた地域で、この療養所はどういう歴史的評価を受けることになるのだろうか、芝垣は暗澹たる思いに沈んだ。

島の療養所に着くと全員裸にされ真っ白な消毒風呂に浸かることを強要された。芝垣と竹財も指示に従うほかなかった。仙吉たちは持ち物も消毒され現金は没収された。どうやら逃亡を防ぐためらしい。確かにお金がなければ、故郷までの電車賃も払えないし食べることさえままならない。考えたものである。そのかわり、療養所の中だけで通用する代用貨幣の「金券」と交換してくれる仕組みだ。

六十一ヘクタールの島の療養所は病院というよりはちょっとした村のようだ。二百人を超す入所者が生活する居住棟が軒を並べている。ここで生活しやがてここで死んでいく。だから信仰する宗教を必ず聞かれる。それにのっとった葬儀が営まれるからだ。療養所の一画、寺町地区には宗教施設が集められている。浄土宗、金光教、真言宗などの施設のほかキリスト教の教会まである。

病床は二百ほどあるが、患者たちは運動や散歩を楽しむほか、手芸や文芸、陶芸の習い事をしている。目が見えないうえに指の感覚もなくなり点字が読めない人は舌読といって舌で点字を読んでいた。当たり前のことだが、たまたま病気になっただけで、それを除けば、自分たちと何も変わらない普通の人たちなのだ。しかし、その扱われ方は過酷だった。驚いたのは食事の時の光景だ。職員が食事ですよと大声を出しながら、両手をパン、パン、パンとたたくと、広間に患者たちが集まってくる。足が悪くて四つん這いの人も多く異様な眺めだった。

実はこの数年後、岡山県の国立長島愛生園では患者千余人が自治制確立と園長の解任を求めてハンストを決行する事件が発生することになる。それほど癩病療養所には問題が多かったのである。

芝垣はつらくて仙吉たちの顔を見られなかった。この父娘はいま何を感じ、何を思っているのだろうか。

夜、共同風呂でお互いの背中を流しあった。

「患者をこんなところに押し込めておいて、わが県からは癩がなくなりましたなんて宣言する無癩県運動は何の意味があるんですか。こりゃ、詐欺だ。国家挙げての大詐欺ですな。けしからん話じゃないですか。だって癩病は遺伝病ではありません。感染症で、その感染力もいたって弱いという説もあるんですよ。それを、実にけしからん」そう食ってかかる竹財に、芝垣は、

「日本はいま世界の列強に伍していこうと躍起になっている。先進国には癩病がないらしい。癩がないから日本は先進国だと言いたいんだろう。おかしな話だが」

「日本はまだ貧しい。衛生的ではないし栄養も足りない。だから癩がある。そういうことじゃないんですか」ひょうきん者の竹財には珍しくムキになっていた。

二人の論争を聞いていた仙吉が改まった口調で、こう言った。

「こんなところまでついてきていただき、おふたりには本当にお世話になりましたなあ。ありがとうごぜえます。お礼の申し上げようもねえです。わしの本当の名前を申し上げてなかったですが、吉田ではなく、実は高水《たかみず》といいます。名前も仙吉ではなく仙太郎《せんたろう》ですわ。隠していたわけではないんだけども、身内からこの病気が出たとわかると世間に顔向けできないから、本名を絶対に名乗らないでくれと親戚からきつく言われておりましてな。いや、申し訳ない。気を悪くせんでください」

三

父危篤の知らせに芝垣葉子は電車に飛び乗った。

久しぶりの故郷、甲府の山並みは緑がしたたり、葉子をやさしく迎えてくれた。ただ昭和恐慌の暗雲は街全体に垂れ込めており、行きかう人々の表情にも影を落としていた。特に山梨は隣県の長野と並ぶ養蚕の一大産地で横浜港が開港した明治以降、生糸の輸出も盛んになっていた。それだけにウォール街の大暴落で始まった大恐慌は生糸の暴落を招き大きな痛手を被っていた。四月には第二次若槻内閣が成立したが有効な対策を打ち出せないでいた。

電柱に貼られたブラジルへの移住を促す「アマゾン開拓団募集」のビラが風に揺れている。明治の終わりに始まったブラジルへの移民も、あまりいい話は聞かない。アマゾンといえば、緑の魔境のジャングルではないか。開拓団という名は勇ましいが、夢や欲をエサに人の心を誘惑しようとしているようで葉子はうそ寒さを感じた。

「この不景気なんとかならなにものかしら」甲府駅でばったり出会った高校時代の友人の言葉が印象に残った。「いっそのこと、戦争にでもなったほうが特需で潤うかもしれないわ」

彼女は化粧っ気のない顔でそう吐き捨てたが、気になったのはワインの話だった。彼女は一時東京に出ていたが、故郷の山梨に帰り、家業のワイナリーを継いでいた。

「ここんとこ、陸軍さんがよう訪ねてくるのよ。ワインの醸造過程でできる酒石からロッシェル塩を作れないかと調べているみたいなの」

「ロッシェル塩？」葉子が聞き返す。

「ええ、何でも最新鋭の潜水艦の電波探知機に使うんだって、敵の潜水艦を見つけるのよ。ひょっとして戦争が近いのと違うかしら。葉子、あんた何か知らない、都会に出てるんだからさ」

知らないわよ、と答えたものの、葉子は妙な胸騒ぎがした。

芝垣家の実家が近くなった。父は虫の息で今夜が峠で明日までは持ちそうもないと医者は宣告しているという。もう寿命である。母は既に亡い。兄弟で実家に集まることになり、葉子は兵庫県から駆けつけた。三郎兄も京都から来ることになっている。

三郎とは歳が近いこともあって仲が良かった。三郎は身体は大きいが、心の優しい兄だった。十年以上前になるが、葉子は姉を亡くした時のことを思い出した。姉は鄙にはまれな美しい人で、良縁に恵まれたが健康を害し臥せっていた。

姉のために病院に薬を取りに行くのが弟としての三郎の役目だったが、甲府商業に進学した際、「姉さん、申し訳ないが進学したのでもう薬は取りにいけないよ」と告げた。姉は、そう、と言って寂しそうに笑った。そして、ほどなくして逝ってしまった。三郎は、あんなことを言わなければよかった、自分が死なせたようなものだ、とずっと悔いている。そんな心のやさしい兄なのだ。

実家は、敷地内を流れる小川の水を利用して水車を回し臼で米をついている。五人兄弟の長男、優《まさる》が精米業を継ぎ、傍ら養蚕も手掛けている。居間から庭を覗くとその水車が遠くに見える。

風が出てきたのか緑の葉っぱが揺れている。葉はよく見ると集まって馬の形になっている。それが揺れるのでまるで走っているかのようだ。一頭だけではない。あちらの葉っぱも、こちらの葉っぱも走る馬だ。荒野を何頭もの馬が駆けている。まるで戦争だ。

馬上の兵隊までもが見えるようだと思ったところで、葉子は頭を振って夢想を追いやった。勇ましい思いより、何か不吉な夢に出合ったような気がした。

優は長男らしく座を仕切っている。隣にいるのが二男で、東京で銀行員をしている堅物。三男が芝垣三郎ということになる。葉子は、誰に似たのか、奔放でわがままなお転婆でさっきからひとりでしゃべっている。西宮の短大に通っているが京都にある三郎の教会の日曜学校を手伝うつもりだ。

亡くなった姉を除く兄弟四人全員が顔をそろえるのも珍しい。父の心配をしながらもお互いの近況について語り合った。気の置けない兄弟とあって、こんな時でもそれなりに話もはずむ。

「優兄さん、恐慌で養蚕は大変じゃないか。価格はだいぶん安くなっているだろう」三郎のあいさつ代わりの問いかけに、

「その通りなんだ。養蚕王国、山梨も形無しじゃ。ちょっと前に輸出生糸検査法ちゅう法律ができてのう。アメリカ向けに品質を高めたばかりだけども、何の役にも立たねえ。恐慌がなくても人造絹糸

というレーヨンが市場に入ってきて、いずれ生糸も売れなくなるんじゃないか」

「精米をやっていてよかったというわけね」葉子が口をはさんだ。

「そういうこっちゃ。蔵にある籠を、葉子、お前も見たことあるだろう。おばあちゃんが嫁入りの時、乗ってきた豪勢な籠じゃ。隣り町の造り酒屋の育ちでな。こんな家へ嫁いでくれたんも精米業ちゅうまともな商売のおかげじゃぞ。ところで三郎、京都で教会を任されていると手紙に書いてあったが、なかなか大変だろう。近くにいるんだから葉子にも手伝ってもらえ」

　優の励ましに三郎がうなずく。

「難しいこともあるけど、伝道は信者としての務めだからね。京都といえば表の顔は立派だが、裏へ回れば貧しい人たちがあふれていてな。日本という国がどういう国か、しっかり教えてくれるんだ。発足したばかりの若槻内閣も四個師団相当の兵員削減をしようとしたが、陸軍の反対でとん挫しかけている。軍部の動きは不穏だな」

　甲府商業を卒業した三郎が大阪の船会社に就職が決まった時は、親戚一同大喜びだった。あの腕白で変わり者の三郎がたいしたものだと評判になった。

　すぐ兵役で、それが終わるとキリスト教に入信、両親や兄弟を落胆させた。キリスト教が悪いわけではない。ただ、このあたりは仏教ばかりで、耶蘇などといえば、わけもわからず眉を顰める人たちばかりである。この春、船会社を辞め、同志社大学神学部に入学した時はまたまた大騒ぎになった。やっぱり変わり者だ、気が狂ったと親戚のうるさいことといったら。優は弟の気性を知るだけに、端から諦めの境地である。

「耶蘇と聞いてびっくりしたが、うまくやっているんならそれでいい。お前は小さい時から頭が良くてな。試験なんかもすぐ問題を解き終わって校庭で遊んでいる。そこまではいいとして、悪友のために正解を書いた紙を窓から教室へそっと投げ入れ、先生から大目玉をくらったこともある。そんなお前だから兄としては心配でならん。医者になりたいと言ったかと思えば、今度は教会か。正直に言えば、いったい何を考えているんだと思うこともしばしばだ。まあ、こういうご時世だ。何になろうと三郎の勝手だが、あんまり軍の悪口は言わんほうがええ。壁に耳ありというからな。無難に生きてさえくれれば、エリートは無理でも、どこかの分野でひとかどの人物になれるだけの能力は備えておる」

長男の優はどうしても説教調になる。

「本当に軍人や警察って威張っていて嫌いだわ。中身がないのに権威を笠に着て」葉子が口を挟み、優は渋い顔になる。昔から、葉子の奔放さを持て余していたのが優だった。それに比べると、三郎は葉子のよき理解者で、ふたりはよく気が合った。

「三郎兄さん、聞いたわよ。東寺で病気の人をいじめたお巡りに正義の鉄槌を下したそうじゃない。布袋さまみたいに太った警官だったんでしょう。英断よ。京都の布袋事件として兵庫県一帯にまでうわさが広がっているわよ」

「おいおい、勘違いするなよ。俺は確かにその場にはいたが、石を投げたのは別の人間だ」

「誰が、投げたの。正義の愛のボールを」

「さあな、石を投げるのが得意な若者じゃないかな」

「馬鹿を言ってごまかさないでよ。勇気を持って権力に挑んだ正義の行いを茶化すのはやめて。いま国民に必要なのは、軍事主義にまっしぐらに突き進んでいるこの国に歯止めをかけることなのよ。どんな小さなことでもいい、抵抗の意思を見せることなの。みんなが石を持つこと、その石を思いきり、やつらに投げつけてやることなのよ。それなくして日本の将来はないわ」

葉子はもちろん、三郎が石を投げたとは思っていない。しかし、兄の関係者にきまっていると信じている。もっと言えば、兄の信奉者に違いない。詳しい事情はわからないが、危険を顧みず兄を助けたのではないか。そんな気がする。三郎には人を引き付ける人間的な魅力がある、葉子はそう思っていた。

「葉子、お前、過激だな」

「そうでもないわ、三郎兄さん。ともかく短大も落ち着いたので、お邪魔じゃなければ来週あたり日曜学校に行くわよ。いいわね」

「それはありがたい。やらなくちゃいけないことが一杯あるんで助かる。葉子が来るのをみんな楽しみにしているんだ。どんなお転婆が来るかってな」

「まあ、悪い冗談はやめて。レディーに向かって失礼よ。せいぜいお化粧して参りますから」

そんなふたりのやりとりに小さな笑いが起こったところで、医者が家族全員を招集する厳粛な声が聞こえた。時計を見ると、午前二時を指していた。

父は静かに逝った。

四

教会の玄関の引き戸を開けて葉子が姿を現した時、居合わせた人たちは一斉に歓声をあげた。いや、純然たる歓声というよりは揶揄、ひやかしの気分が混じる、そして、いくらかの哄笑を伴うざわめきであるといった方が正確かもしれない。

高めのウエストラインをしぼった白いロングスカートにツバ広の婦人帽。当時、銀座を席巻していた最新のモードだった。

「おっ、これは、これは。村中で一番モガといわれた女の登場ですか。美しい、実に美しい」

エノケンの歌詞をもじって最初に声をかけたのは、やはりこの男、竹財だった。

「これがうわさのモダンガールというヤツですか。ウーン、芝垣さんの妹さんとは思えないハイセンスなレディーですね」

江河もロイド眼鏡を指で押し上げながらのぞき込んでいる。

芝垣はと言えば、驚きのあまり、茫然としている。

「ありゃあ、葉子、何という格好だ、お前。それじゃあ、日曜学校の子どもたちがおったまげて逃げ出してしまうぞ」芝垣がようやく口を開いた。

「みんな、びっくりさせて申し訳ないが、これが妹の葉子だ。私と同じ山梨県生まれだが、今は西宮の短大に通っている。日曜学校を手伝ってくれることになった。ちょっと元気がよすぎるところがあるが悪いやつじゃない。それは保証するからよろしく頼む。それにしても、その恰好はなんとかならんか」

「何を言っているのよ、三郎兄さん。これだから田舎者は困るわ。最新のファッションは文化よ。銀座もモボモガであふれているらしいけど、神戸のトアロードだって負けていないわよ。子どもたちには小さい時から文化に触れてもらわなくちゃ。大阪じゃ、田中絹代の『マダムと女房』が封切られ、すごい人気よ。日本初のトーキーだって。誰か見た？　見てないの、残念ね。この話、子どもたちにも是非したいわ。それにしても暑いわね、暑い、暑い」

葉子は扇子で全身をパタパタとあおぎながら三々五々集まり出した子どもたちに、元気ぃー、よろしくねー、と大げさに声をかけて回った。

始業を知らせる祈りの鐘を鳴らすため二階に上がろうと立ち上がった竹財に葉子が走り寄った。

「三郎兄から聞いたわ。あなたね、お巡りに正義の鉄槌を下したという猛者は。権力に挑む勇気ある行動だわ」

ニッコリ笑いかける葉子に竹財もタジタジという風である。

「家の教会」と名付けられていた広間には無造作に大きな座卓が並べられ子どもたちが神妙な顔で勉強をしている。あたり一帯はスラム街で、ここには朝鮮半島から来た家族や底辺労働者が大勢住んでおり日曜学校に集まるのはこうした人々の子どもである。子どもたちは正直なもので、聖書の講義では退屈そうだが、童話のお話になると全員の目がきらきら輝き出すから不思議だ。

ことし神戸で臨海学校を行う計画が発表された時は歓声があがり、皆大喜びだった。子どもたちが一番楽しみにしているのが昼食の時間である。お母さんがボランティアで作ってくれる手作り料理は心がこもっていて温かい。何よりのごちそうだ。ぼくお替わり、私も、という明るい声が部屋のあちこちに響く。

ところが、テーブルの隅に座った芝垣、竹財、江河の三人は腕組みをして難しい顔を崩さない。

「それにしても中国情勢は心配ですね。万宝山事件と中村大尉遭難事件で日本の世論も硬化しているのが心配です」

江河がこわばった声を出した。この七月、吉林省長春市北方にある万宝山で朝鮮人移住農民と中国人が灌漑用水路を巡って衝突した。日本に圧迫された朝鮮人が満州にどっと流れ込み、これを日本の侵略と見た中国側が反発していることが背景にあった。朝鮮各地で中国人への報復事件が頻発している。

「死者が出ていないにも関わらず、新聞が、朝鮮人多数が殺されたなんていう大げさな記事を書くものだから朝鮮の世論は沸騰していますよ。一方で中国では反日感情が盛り上がっていると聞きます」

竹財も心配顔である。

「万宝山事件があった直後に、奉天の陸軍特務機関の中村震太郎大尉が支那軍に射殺される事件があったろう。これが関東軍と陸軍内の強硬派に絶好の口実を与えることになったんだな。彼らは何か強引なことをしでかすかもしれん。杞憂で終わればいいが」芝垣の言葉にふたりがうなずく。

「芝垣さん、日本国内の失業者は四十万人を超えたし、巷では鬱屈した不満がたまっているような気がします」江河が語気を強めた。

「ああ、そうだな。江河君の言うことももっともで、私も日本の将来が心配だよ。しかしな、悪いことばかりじゃない。賀川豊彦という社会運動家を知っているか」芝垣が尋ねた。

「賀川さんって、あの労働運動や農民運動で知られる宗教家ですか」と竹財。「知っているなんてもんじゃないですよ。わが明治学院の大先輩ですよ」

「そうか、竹財君は大学は同志社だが賀川さんと同じ東京・白金の明治学院高等部出身だったな。賀川さんは君と違って野球部ではなかったようだがな。彼の指導で生協運動の先頭に立っていた神戸購買組合と灘購買組合がそろって創立十周年を迎えたということだ。いい機会だから、京都で伝道集会を開き、賀川さんに講演をしてもらおうかと思っている」

「ええっ、賀川さんに。本当ですか。それはすごい。芝垣さんが賀川さんの知り合いとは知りませんでした。すごいことになりました。講演会、是非お願いします」江河も興奮の面もちである。

「いやあ、知り合いというほどでもない。あっちはいずれはノーベル賞といわれている有名人だからな。先日、同志社に講演に来ていたから、その機会に少しお近づきにさせてもらったというわけだ。言ってみれば同志だよ、同志。そういえば、同志社を中退して伝道師になった大橋昌一郎君なあ、彼も賀川さんと親交があるようだな」

芝垣はそう言って竹財を見た。

「その大橋さんですが、かなり結核の病状が悪いようですね」竹財は声を落として、最近耳にした情報を伝える。「無理をしないよう医者から言われているのに、少しも言うことを聞かないらしいですよ。まったくあの人らしい」

「芝垣さん、大事件です。中国でついに戦争が始まりました。ラジオも朝から大騒ぎしていますよ。南満州鉄道線が爆破されたので、わが軍が奉天城内で支那軍を攻撃中だということです」

新聞の号外を手に江河が教会に飛び込んできた。顔は興奮しきって真っ青だ。振りかざした紙面には、「日支両軍激戦を継続」の文字が踊っている。部屋にいた芝垣がガバッと立ち上がり叫んだ。「ついにやりおったか。場所はどこだ」

「はい、奉天駅の東北、柳条湖付近です。爆破をしかけた国民革命軍の兵士が兵営から飛び出したところを独立守備歩兵第二大隊第三中隊付の河本末守中尉らが射殺したらしいです」

「怪しいな。万宝山事件や中村大尉事件以来、関東軍は武力進出の機会を狙っておったんだが、政府がこれをなんとか押さえこんでいた。それでも不穏な動きがあるというので幣原喜重郎外相の申し入れで南次郎陸相を満州へ派遣したところだったんだがな。間に合わなかったか、残念だ」

「参謀本部第一部長の建川美次少将が関東軍の単独行動を引き留めるという名目で奉天に行ったんですよね」江河の声が大きくなる。

「ああ、しかし、止め男が来ては面倒だというので関東軍がその前に動いたともみえるし、ひょっとすると建川部長が謀略を黙認したということかもしれん」芝垣が考え込んだ。

「やはり、裏に石原莞爾中佐がいるんでしょうか」

「江河君、それはわからんな。関東軍参謀で、満蒙領有を主張している男だけに、無関係というわけではなかろう。だが、真相がわかるまでには少し時間がかかるだろう。とにかく戦線をこれ以上拡大しないことが重要だ。私はそう思う」芝垣は腕を組んだまま、苦渋の表情を見せた。

江河は顔を紅潮させ、

「満州の権益は日露戦争で先人が血を流して獲得した貴重なものです。国民はみな満蒙は日本の生命線だと思っているのと違いますか。号外を取りに集まった人たちも、苦労して手に入れた満州を捨ててたまるか、支那の兵隊は卑怯なやり方が多い、やっつけりゃいいんだ、これで景気もよくなる、と口々に叫んでいましたよ」

「確かに世界恐慌の影響を受けて日本では会社がつぶれ、街に失業者があふれている。農村は疲弊し国民が危機感を持っているのも確かだ。若槻内閣の軟弱外交への批判も、その危機感の裏返しに違いない。しかし、このままでは本当の戦争へまっしぐらだ。困ったことだ。そうは思わんかね」

その日、夜遅く、伝道師の大橋が珍しく病をおして芝垣の教会へ顔を出した。満州事変のことを憤慨しており、

「経済闘争が果たして武力をもって解決されるのか。一体、日本はどこへいくのか」と大変な剣幕である。

「日本国民は第一次世界大戦の悲惨な結果を見ても、まだ戦争の無意味さに目覚めないのか。僕の胸は大いにうずいてやまない。芝垣さん、それで相談なんだが、日本中の教会に呼びかけて平和のための連合祈祷会を開いたらどうかと思うが、どうですか。是非、そうしようではありませんか」

大橋は憑かれたように一方的にまくしたてると突然立ち上がり、他のところも回りたいのでこれで

失礼、と風のように立ち去った。髪を振り乱し、まさに鬼気迫る様相だった。

戦線を拡大し続けた関東軍はわずか五か月で満州全土を占領し、芝垣が心配した通り、日本は戦争への道を突き進んでいった。

五

かねて芝垣が計画していた賀川豊彦の講演がようやく実現した。

「それでは賀川先生にお話をいただきます」

司会の江河がそう紹介すると会場は割れんばかりの拍手である。聴衆が多くなりそうだというので広い講堂を用意したのだが、想定を超える二千人もの人が集まり、それでは間に合わないと急きょ講演会の場所を校庭に切り替えて行われることになった。会場では神の國新聞が配られた。

「みなさん、賀川豊彦です」

重厚な声でそう話し始めると、また万雷の拍手である。四十歳を超えているはずだがオールバックの髪は黒々として若々しい。やや内股気味に立ち、おなじみの丸眼鏡を光らせながら中学時代に洗礼を受けたことや労働争議、農民運動の思い出を語る。神戸のスラムに身を投じて貧しい人々の救済に尽くした大変な人だと、詰めかけた聴衆は知っているからみな一言隻句も聞き漏らすまいと真剣な表情を崩さない。

「産直や大量仕入れ、そして現金払いによって販売の小売価格を極力安くするのが生活協同組合というものです。いまや大人気で、組合員数、売り上げとも爆発的に伸びているんですよ、皆さん」というくだりではどよめきと歓声があがった。やはり直接、生活にかかわる話題には誰もが敏感だ。

演壇横の来賓席にどっかと腰を据えた芝垣は満足そうにうなずいた。キリスト者にもいくつかのタイプがある。ひたすら聖書を説く人、教会という大きな組織を背景に活躍する人、そして意外に少ないのが神の国運動でひたすら実践活動に尽くす賀川のようなタイプである。芝垣はその後も一貫して賀川と行動を共にすることになる。現場に入って貧民、病者、抑圧された大衆を対象に愛の実践に挑む姿が芝垣の理想とするところであったからだ。

講演が終わり、賀川が芝垣に尋ねてきた。

「ところで、芝垣さん、ご存じの大橋昌一郎君が亡くなりましたね。まだ三十八歳という若さでした」

「はい、惜しい男を失くしました。先日会ったばかりです。残念至極です。賀川先生のお宅で静養していたと聞きましたが」

「ええ、大橋君と知り合ったのはあなたの場合と同じで同志社に講演に行ったのがきっかけです。彼は同志社の職員だったのですが、それを辞めてからは、一緒に東京の深川で貧しい人たちのための天幕村を建設して運営していたんですよ」

「それは知りませんでした。そんなことをしていたんですか。大橋君は戦争を憎んでいましてね。自分がこんなに苦しいのは、小馬鹿者が無理をしたからでしょうか、平和主義者として満州事変以後の国家的罪悪の贖いをなしえているでしょうか、そう話していたことが忘れられません」芝垣は目頭が熱くなるのを感じた。

「確かに満州国建国、五・一五事件で政党内閣は崩壊です。先週も岡田啓介内閣が憲法学者、美濃部達吉の天皇機関説を反国体の学説として排しましたね。国際連盟も脱退したし、この先にあるのは軍事独裁国家への道でしょう」

「賀川先生、大橋君の苦しみはわれわれの苦しみにほかなりません」

「確かに、その通りですね。実は、大橋君の友人が彼についての本、まあ、追悼本のようなものらしいですが、それを出版するというので序文を書くことになりまして。これですが、友人のあなたから見てどう思うか、ちょっと目を通してもらえませんか」と原稿を手渡された。そこにはこうあった。

「大橋昌一郎君は生きている時から心霊学に浸っていた。そして死後の存在を明確に意識し、死んでから私は忙しくなります、死んでから必ず平和運動をやってみせますと私にいつも繰り返していた」

芝垣は大橋らしいエピソードだと思い、賀川にそう伝えると、彼はしばらく黙っていたが、ハンカチを取り出すとそっと涙をぬぐった。

第二章　皇軍慰問事業調査

一

　原節子が主演する『新しき土』がかかっている映画館があるというので、芝垣は、西宮の短大を卒業した後、神戸の教会で働き始めた妹の葉子と大阪で待ち合わせて見に行った。映画の後、暑いので喫茶店に入って冷やしコーヒーでも飲もうということになった。

　戦時体制強化で、ぜいたく品のコーヒーの輸入を制限するという話もあり、業界では危機感を持っているらしいが、店の雰囲気はゆったりしており葉子はうれしそうだった。

「原節子ってきれいなだけではなくて、何ともいえない品があるわね。横浜の出身というからやはり洗練されているわ」

　葉子は映画のシーンを思い浮かべうっとりした表情を見せている。

　芝垣は兄妹だけに遠慮なしに言った。

「去年の夏から暑い中、京都で撮影していたから楽しみにしていたんだ。日独合作というから懸念していたが、やはり少々宣伝臭いところがあるのは否めないな」

「それはナチスの資金援助を受けているんだから、しかたないわよ。それにしても最後がいやらしい。最低だわ」葉子が急に怒り出した。

「最後？　夫婦が満州という新しい土地に生きることを決心する、というラストシーンかい。まあ、そういう時局だからね」

前年の二月、皇道派青年将校が第一師団の歩兵第一、第三連隊、近衛師団の近衛歩兵第三連隊を中心とする下士官・兵千四百人を指揮し政府首脳を官邸や私邸に襲う事件があったばかりだ。いわゆる二・二六事件である。

背景に皇道派と統制派の対立があるにしても、決起将校の理論的支柱は北一輝の「日本改造法案大綱」であることを芝垣は知っていた。兵役で近衛騎兵連隊にいたころの仲間が話していたからだ。天皇制の下での一種の国家社会主義ともいえるもので、その東北出身の仲間も「田舎の生活ぶりはひどいものだ。飢饉の時は、妹も身売りさせられた」と泣いていた。

彼が今回の事件に参加したかどうかはわからないが、決起将校の思いは理解できないことはない。ただ、クーデターという手段には納得できなかった。力で問題を解決しようというやり方に違和感を覚えた。力と力の対決という発想の行き着く先は戦争でしかない。それが本当に解決につながるとは思えない。疑問が解けないまま、芝垣は今も悶々としていた。

近衛連隊時代の悪夢は今も時折、フラッシュバックのように蘇ってくる。何人ものロシア兵を殺したことを自慢にする日露戦争の生き残りの上官にまつわるものだった。この男はささいなことで突然、怒りだし、部下を怒鳴りつけ狂ったように殴打した。間違いなく精神を病んでいた。誰もがそう思ったが、止めることはできなかった。

そして、悲劇は起こった。入隊したばかりの芝垣と同年代の青年が、態度が悪い、声が小さいと、この上官に因縁をつけられて殴り倒された。そして頭を壁にぶつけて死んだのだ。

芝垣は軍隊という戦うための組織の非情さ、不条理を痛いほど感じた。軍隊を憎み、絶対に戦争をしてはならないと思った。しかし、時代はそうした思考を許してはくれなかった。苦しかった。懊悩と青春の彷徨がいつしかキリスト教入信という道につながったのだろうかと今振り返って思う。確実に言えるのは、当時の煩悶の背景に軍靴の足音が聞こえてくることへの身震いするような無気味な恐怖と嫌悪感があったことだ。

葉子と喫茶店を出ると、駅前広場に人が群がっていた。雲の切れ目から差し込む光の束が逆光になり、興奮して走り回る群像を映し出していた。戦争だ、戦争だ、人々は口々に言い合い肩をたたき合っている。芝垣が何だろうと思いながら近づくと、号外が配られているのだった。

「北平《ぺーぴん》郊外で日支両軍衝突」という大見出しが目に飛び込んできた。葉子は、まあ、と声をあげて口元を押さえたままだ。

「不法射撃にわが軍反撃」

「疾風のごとく龍王廟占拠」

「支那の要請で一時停戦」

芝垣は手に入れた号外の見出しを順に読み上げながら、記事の内容を目で追った。

北平（北京）の西南六キロの永定河《えいていが》にかかっている盧溝橋に近い豊台に日本陸軍が駐屯していた。これは明治三三年（一九〇〇年）に起きた義和団事件で大使館区域が攻撃を受けたため日本軍が八カ国の連合軍として出動して以降存在しているもので、七月七日、演習中の一木大隊に十数発の射撃が行われたのをきっかけに、中国軍との間で戦闘になったという内容であった。

大衆の直観というものは、センセーショナルになることも多いが、時に鋭く本質を突くこともある。

この時は、戦争だという叫びは見事に的中した。なぜなら、盧溝橋事件は新聞が報道しているように、一時停戦が成立し不拡大方針が示されたにもかかわらず、第一次近衛内閣は間もなく師団の派遣に踏み切る。これにより戦線は一気に拡大、北京、天津総攻撃の開始をもって遂に日中全面戦争に突入していくことになるからである。

京都でも支那事変の話題で持ちきりだった。事変そのものの何やら危うい華々しさの裏側で進行する日本の軍国化への懸念が教会関係者の関心の的であった。

「射撃といい実弾発射といってもね、うがった見方をすれば、日本軍の陰謀という線もないではないと思う」

京大医学部の授業を終えてきたばかりの江河が胸にある疑念をぶつける。いつもながら理性的な分析である。

「それはどうかな。陰謀というなら、抗日を盛り上げたい中国軍だってやるだろうし、もっと勘ぐれば、中国共産党だって可能性はある」

そう反論したのは竹財だ。斜に構えているが、学生の江河に比べると発想が柔軟なのが、社会人であるこの男の特徴といえる。

「どちらにしても、迷惑なのは国民だわ。兵隊さんは戦争がお仕事だからかもしれないけれど、被害を受けるのは普通の人だもの。戦争は女や子どもにも容赦しないわ。中国の人も気の毒ね」たまたま顔を出していた癩病仮収容所の看護婦、綾は職業柄、大陸で発生している一般市民の死傷者に関心が強いようである。物言いもはきはきしている。

「親しい中国人はいないけど、日本のことどう思っているのかしら、ちょっと聞いてみたい気がするわ」

竹財が綾の方をチラチラ見て、うん、うん、とうなずいている。議論は延々と続いている。。

「事変の話はそれくらいにしよう。みんな聞いてくれ」しびれを切らした芝垣が改まった調子で一同を見渡した。「きょう集まってもらったのは、私の受洗十周年記念伝道集会の反省会という趣旨なんだ。

「集会が十二回にもわたり、大変だったと思うが、二百八十八人もの人が参加してくれて実り多いものになった。ありがとう。神に感謝だね。教会の基礎もようやく固まってきたと感じている。問題はキリスト者への政治的な圧力が徐々に強まり出したことだ。我慢ならん。非常に憂慮すべき事態になっている。政府は戦争に向かって国民をまとめようとしているようだな」

日本基督教連盟は、非戦、平和、人権尊重を主張してきたが、これを改め「時局に関する宣言」で国策協力を表明したばかりであった。このため日本YMCA同盟は、日本基督教連盟の皇軍訪問事業に協力し慰問金、慰問品の募集を行うこと、出征軍人の慰問について必要な奉仕をすること、慰問使を派遣することなどを決定した。また、「支那事変ニ関スル声明」では「吾等はこの際、折をひとつにし、進んで国民精神総動員の挙に参加し、吾等の精神作興運動を強化して聊か報国尽忠の誠を致さんことを期す」と述べている。

芝垣は口調を改めて続けた。

「実は日本基督教連盟の慰問部から連絡があってな、中国で皇軍慰問事業調査をしてくれないかと依頼してきた。興味深い話だが、みんな、どう思う」

「慰問というのは何なんでしょうかね。名前からしてどうも軍部に媚びているようでおもしろくないですね。それに、どうして芝垣さんに白羽の矢が立ったのですか。何か裏でも」と言いかけた竹財の言葉をさえぎるように、芝垣が大声をだした。

「馬鹿な。裏なんてあるわけないだろう。よくわからんが、時局祈祷会の発起人のひとりだから、ということくらいしか思い当たることはない」理由は知らされていないので、そう答えるしかなかった。

「徴兵で近衛騎兵連隊を経験した。それが買われたんじゃないですか」江河がそう言い放った。本人は皮肉のつもりはないのだろう。思ったことをそのまま口にしただけのようであるが、芝垣は少しムッとした表情を見せ、「兵役は国民の義務だ。君だって学生じゃなければ行っている年齢だよ」

驚いた竹財が思わず「江河君、少しは言葉を慎みたまえ。軍の経験があるからといって戦争に賛成しているわけじゃない。当たり前のことだ。君も知っている通り、芝垣さんは日本の軍国主義化を懸念されている。祈祷会だって平和のために祈っている。それは早逝した大橋さんの遺言みたいなものじゃないか」

「そうじゃないんです。竹財さん、誤解しないでください。僕が言いたいのは、考えのベースがある程度共通している者同士の方がわかりあえることもあるということなんです。軍の経験がある方がないよりましですよ。もちろん芝垣さんのことは尊敬しているつもりです」思わぬ反発に江河はしどろもどろだった。

綾が遠慮がちに口を挟んだ。

「慰問といっても軍に全面的に協力する必要もないわけでしょう。芝垣さん、中国の現状を知るいい機会だとお考えになったらいかがですか。是非、行くべきだと思います。私なら、そうします」

大きな目で芝垣をまっすぐに見て、連盟からの依頼を受けるよう熱心に勧めた。なんとか賛同を得られそうな雰囲気に芝垣はほっとした。一度、大陸で何が起こっているのか、自分の目で確かめてみたい、かねてそう考えていただけに、何とか実現したかったからだ。

実際に中国へ行くことが決まると、経験したことのない緊張感に包まれた。初めての海外、しかも戦争になりかけている中国なのだ。現地の情勢に生で触れられるのはいいが、果たして自分は無事に任務を全うできるのか、日中両国の平和に貢献できるのか、不安は募るばかりである。

行く先は中国北部地域、期間は一九三七年の八月から三か月と聞いているだけだった。

八月の太陽が照りつける中、神戸から天津に向け船に乗った芝垣は、向こうに着けば何とかなるだろうと腹をくくるしかなかった。

この一か月、中国行きの準備で大わらわだった。八月初旬は東京・赤坂の霊南坂教会で朝礼説教を行った。基督教連盟の北支慰問委員会に出席した後は、故郷の山梨の教会で祈りをささげ、両親に別れのあいさつをした。

急いでしたためた暑中見舞いには、「中国北部へ慰問のため出発します。この度の支那事変は日本、中国の両国にとどまらず、人類を挙げての大変悲しき不祥事です。祖国の日本キリスト教徒の一員として、また光栄ある地上人類の一員として、かかる不祥事が最小限の犠牲をもって速やかに解決され、これを一期として永久的和平親善関係の確立せられんことを希望します」という内容を盛り込んだ。後で、地球人類の一員は、少々オーバーな表現だったかと反省した。その時は、それほど気分が高揚していたのである。

皇軍慰問事業調査に当たる慰問使というのが芝垣の役割だが、初めての試みとあって関係者は誰も具体的なイメージは持ち合わせていないようであった。帰国後、調査というか報告書を書くのだが、現地では、部隊に戦死した兵隊が出たような場合に、保管していたその人の寄せ書き入り日章旗や千人針を日本に持ち帰って家族に届けたりすることが期待されていると一応、聞いていた。

出発の一週間ほど前、第二次上海事変が発生したばかりであった。まさに風雲急を告げる状況だったが、日本国内でもそれに呼応する動きがみられた。このころ、閣議で軍需工場動員法の発動が決定された。農林省は戦争による農村、山村、漁村の労働力不足対策として勤労奉仕施設要綱を各地の地方長官に通達した。国民精神総動員実施要綱も閣議決定された。

日本は対中国全面戦争へと徐々に向かっていった。盧溝橋から上海へ飛び火した戦闘で、中国への派兵は急増し、駅頭などでは召集令状を受け取った出征兵士が町内会や婦人会の万歳に送られて続々と故郷を後にしていた。

二

中国に到着した。天津は珍しく雨だった。温度は高く蒸し暑かった。何十年ぶりかというほどの大雨で傘を持たない人々が通りを右往左往している。芝垣には雨の湿った匂いが心地よかった。まず、それほど遠くない北平に向かい新設されたばかりの日本陸軍北支那方面軍の司令部を訪れた。

日本にはまだ詳しくは伝わっていないようだったが、北平郊外の通州《つうしゅう》で冀東防共《きとうぼうきょう》自治政府の保安隊が日本人婦女子、子どもなど二百二十五人を無差別に強姦、虐殺するという凄惨極まりない事件が起きたばかりで、緊張感が漂っていた。殺し方のあまりのおぞましさに吐き気を覚えたほどだった。それでも人間か、これが戦争か、思いは千々に乱れた。

司令部では、日本基督教連盟から慰問使が来たというので当初はとまどいの視線で迎えられたが、芝垣の近衛騎兵連隊の経歴を聞くと急に打ち解けた。江河の分析もあながち的外れではなかったかもしれない、と芝垣は思って苦笑した。

予想していなかったが、軍服に身を包んだ香月清司・第一軍司令官に会うことができた。盧溝橋事件の渦中に重篤に陥った田代皖一郎中将に代わって支那駐屯軍司令官となった人物だが、意外にきさくな人だった。

「いやあ、お役目、ご苦労さん。通州事件には驚いたんじゃないかな。あれでわかるとおり中国側の日本人への反発も強くなっている。宗教は心の領域を扱う重要な役割を担っておる。キリスト教の影響力は大きいので慰問事業には期待している。クリスチャンの兵隊も大勢いますからな。よろしく頼みますよ」

そう言われて、芝垣はますます緊張した。

「はい、微力ながら頑張ります。戦場は初めてですので、どこへ行ったらよいかもわかりません。いろいろ教えてください」

「なにせ慰問使というのは、芝垣さん、あなたが第一号ですから、実はこちらも要領を得ないんだ。既に武運つたなく戦場に散った戦友の日章旗が何枚もこちらに届いている。可能な限り日本に持ち帰って家族に届けてもらいたい。あとは兵の慰問だな。ともかく中国全土の野を駆け巡る特権を、司令官の私から与えるから思う存分動き回ってほしい。元近衛騎兵連隊だから頼もしいな、はっ、はっ、はっ」

そこへひとりの男が案内されて部屋に入ってきた。鳥打帽をかぶりカメラをぶらさげている。

香月司令官が鷹揚にうなずき、

「紹介しよう。この方は日本の新聞社の記者さんだよ。こちら、慰問使の芝垣さん。こんなところまで取材に来てくれて、ありがたいことです」

「わざわざ日本からですか。それはニュースだ。記念に一枚撮りましょう」

新聞記者はとまどう芝垣をせかせて香月中将と並んだ写真を撮影した。写真は京都の教会あてに送ってくれるという。

翌日、早速、天津の前線に出ることになった。日本は暑かったが、こちらは夜になると肌寒さを感じるほどである。当たり前だが、戦場ではどこから弾が飛んでくるかわからない。自分は戦闘員ではなく慰問使である。間違って撃たれては困る。

そこで妙案を思いついた。十字架の旗を持ちキリストの復活・永遠を象徴する緑色の襷をかけることにしたのだ。これで外套を身にまとうと、長身であるだけに兵隊顔負けのなかなかの偉丈夫にみえた。教会にいる時にはよく「近衛連隊はな、健康なだけでなく美男子でないと採用されないんだぞ」と冗談を飛ばしていたが、こうしてみると、自分の言ったことが本当らしく思え、芝垣はひとりで悦に入っていた。

さて、いよいよ前線である。武者震いがする。北平からは南京方面に向かう鉄道の津甫線を南下した後、案内の兵士付き軍用車両に便乗した。遠くで砲撃の音がする。灼熱の平原を車は猛スピードで疾走していく。

「あれはどちらの軍が撃っているんですか」銃声がするたびに首をすくめ、周りをキョロキョロする芝垣を小馬鹿にしてニヤニヤしている案内役の兵士に尋ねると、

「わが軍に決まっている。中国側はまったく戦う気力がないから鉄砲を撃とうともせん。情けない奴らだ」と威勢のいい声が返ってきた。

天津の唐官屯《とうかんとん》が陥落したばかりとあって戦闘の跡が生々しく残っている。遠くに緑の山々が連なり、道の両側には高粱畑が広がっている。あちこちに敵の馬や兵隊の死体が静かに倒れているのが見える。それらはほとんど水に浸かり微動だにしない。まるで壊れたおもちゃのように歪んだかたちのまま、あるものは地に伏し、あるものは水に浮いている。

とても現実とは思えなかった。馬は昨日まで元気に野山を駆け回っていただろう。兵士にもそれぞれの故郷、家庭があり、そこで笑ったり、時には泣いたり怒ったりしていただろうに。今はただ、何も語ることなく朽ちようとしていた。

久しぶりの豪雨でほとんど湖沼のようになっているうえに、敵が混乱を狙って運河の堤防を破壊したせいで、さらに大量の水が流れ込んでいるようだ。行軍の際は、馬の下腹まで泥濘が来たのだという。兵の方も胸まで水に浸かり、靴やズボン、上着まで脱いだというからさぞかし大変だったろう。戦争とは激しく熱い戦闘だけではなく、こうした冷たく閉ざされた沈黙の世界での殺戮でもあるのだ。

少し離れたところで大きな砲撃音がした。あわてて双眼鏡を目にやると、敵の陣地らしいところに偽装装甲車が並び、そこに雷鳴のような音を轟かせて砲撃が繰り返されていた。宿泊所では一般人の格好をした男が捕らえられ、突然、目の前で斬殺されるところに出くわした。

案内係の兵士は平然とした様子で「ありゃあ、平服姿をしているが便衣隊に違いない。軍服を脱いで普通の恰好をしながら我が陣地に入り込み、謀略やゲリラ活動を行う面倒な兵隊なので油断できないのだ」

用意された宿泊所に到着すると、薄暗くなって水汲みを頼まれた。

「慰問使さん、悪いが、飯を炊くのに水が必要なんだ。といって井戸があるわけじゃないので、近くの沼の水を飯盒で汲んで持ってきてほしい。どうせ煮沸消毒するから濁った水でも構わない。それと、危ないから絶対に遠くへは行かないように」

何とか、近くの沼で水汲みを済ませた。月明りの中で水を集めたが、樹木が垂れこみ草もぼうぼうで闇の奥は見通せなかった。

暗くなってから何回か敵の夜襲があった。猛烈な北風がうなりをあげる中で鉄砲を撃ちながら襲ってくるのだが、中国側は本気で攻撃するというより睡眠を妨害し日本軍の体力を消耗させようとしているようだった。

翌朝、ほとんど眠れないまま起き出した。日中の暑さに比べれば、まだ涼しいが、頭の芯がボーッとしている。宿舎の外へ出てみた。昨夜、飯盒に水を汲んだあたりまで来てギョッとした。すぐ近くに誰かが倒れているのが見えた。中国兵の死体だった。見開いた目がこちらをにらんでいる。夜中に撃たれたのか、あるいは、もっと前からそこにあり、芝垣が必死に水を汲んでいた時にもあったのか。芝垣は近くで黄色い花を摘むと死体の上にパラパラと撒いた。

突然、胃が収縮し、吐き気がこみあげる。便所に駆け込むが、吐けない。苦しい。そのうちに唐突に便意をもよおした。あわててズボンを下げ排便すると、ショボショボと音を立てて水のような軟便がか細く垂れた。これが戦争だ。皆が忌み嫌っている戦争なのだ。便を垂れながら芝垣は戦場での己の卑小さを思わざるをえなかった。

こんなことでへこたれているわけにはいかない。北平近郊の部隊の慰問や病院訪問で、亡くなった軍人の遺品を初めて預かった。泥がこびりつき、一部がちぎれていて、激戦下での戦死を思わせた。自然に手を合わせ頭を垂れた。

慰問を重ねる中で、思いついて行く先々で医療相談のほか茶を点ててみた。医学の専門知識があるわけではないので治療はできないが、血圧を測ったり食事の注意などはできる。しかし、人気だったのは意外にもお茶の方だった。

京都で、同志社の先輩の夫人に茶の湯の手ほどきを受けかなりの腕前だったからだが、慰問使とお茶という意外な組み合わせに兵隊たちは大喜びだった。芝垣は稚気《ちき》を愛する一面のある、キリスト教信者らしくない男であったが、茶の湯などはその面目躍如といったところだろう。

三

機会があれば、中国人難民の支援の様子を是非見てみたいと事前に頼んであったので案内の兵士が天主堂に立ち寄ってくれた。二千人近い避難民が収容されているという。中国人牧師がお世話をしていた。芝垣は垢で真っ黒な顔をした大勢の難民に向かって慰問の言葉を伝え激励した。難民からは感謝の言葉と同時に「もっと食べ物を」「温かい衣類を」という悲痛な叫びが返ってきた。

もうひとつの教会ではオランダ人のヤンセン神父が避難民の支援に当たっていた。

「ヤンセン神父は戦闘が始まってもこのあたりに残っているただ一人の外国人だ。筋金入りなんだね。避難民の話を聞いて中国兵の横暴さに腹を立てており、日本軍を歓迎してくれている。それはありがたいのだが、一方で、われわれが申し出ている援助を頑なに拒んでいる。困ったものだ」

そう語る案内の兵士に芝垣は感心したように言った。

「それは理解できます。立派な神父さんじゃないですか。神につかえる身としては、どちらの軍にも平等であらねばならないのだろうと思います。日本軍だけと仲良くするわけにはいかないんですね」

「それにしても、難民がかわいそうだ。トウモロコシと高粱がわずかにあるだけで飢えているんだ。日本軍の食料支援を受ければたらふく食べられる。ところが絶対に受け取ろうとしないんだよ。ほんとに頑固な神父だ」

「私は日本軍の慰問はしますが、中国難民の味方でもあります。彼らを支援しているヤンセン神父の意向には従います。ただ、工夫が必要です。缶詰を少しください。まあ、見ていてください」

その時、ヤンセン神父が姿を見せた。やせて髪は薄くなり肌が透き通るように白かった。ゆうに五十歳は超えているように見えた。芝垣はリックサックを開けて肉の缶詰をいくつか取り出し、ヤンセン神父に差し出した。神父は一瞬、躊躇したが、芝垣が掲げた十字架の旗と緑の襷に気が付いた様子で、

「ありがとう。その缶詰は最も衰弱している人のためにお受けしたいと思います。神の恩寵に感謝します」と胸の前で十字を切った。

芝垣は隣の兵士の大きなリックを引き寄せると、これもヤンセン神父に手渡した。神父はうれしそうに受け取り、さらなる神の恩寵に期待している、とほほ笑んだ。

当時、貧しかった中国には教会、学校、病院に欧米から六千人もの宣教師が布教で入りこんでいた。一番知られているのは、スコットランド出身のドゥガルド・クリスティー宣教師で、医師として中国東北部の営口と瀋陽で医療伝道を行っていた。戦闘で引き揚げる宣教師もいたが、むしろ中国難民支援に軸足を移して活動を展開している人も多かった。

もちろんきれいごとばかりでないことはわかっていた。欧米列強は帝国主義の牙をむきながら十九世紀末以降、中国などアジア各地を侵略、その国土をあからさまに分割していった。こうした軍事行動と、教会の関係はどうなっているのだろう。

自国の国益と結びついた宗教関係者もいたかもしれないが、多くは自国の軍とは関係なく、独自の行動をとっているように見えた。それを可能にしているのは何だろう。背後にいる信者、広い意味での市民の支えがあるに違いない。だとすれば、日本人のクリスチャンにも何かできることがあるのではないか。ヤンセン神父の敬虔な姿に打たれて胸には熱くこみあげてくるものがあった。特に医療は不可欠で、芝垣は医者や看護婦による支援の必要性を強く感じた。

芝垣は北平から鉄道で西方へ一人で出張の旅に出た。太古からそこに生え、枯れてまた芽を出した様な背の高い葉を猛々しく太陽に向かって伸ばしている野草の野。あたりを暗くするほどの砂の嵐で一帯を埋め尽す原。大陸は果てしなく広かった。郊外の南口《なんこう》は峻険で知られるところで、箱根の山をいくつも並べたほどの難所である。覇を競う中国と蒙古がかつて幾度も対峙し歴史を刻んだ山々がそびえている。

中国軍が立て籠もったこの難攻不落の要塞を落とすのに日本軍もさすがに苦労したようで、攻略に二週間もかかったという。先日、軍幹部が興奮した面持ちでこんな話をしていたのを芝垣は思い出していた。

「南口はまさに艱難辛苦の連続だった。ようやくの思いで頂上にたどり着いたある部隊は四方を敵に包囲され、十字砲火を浴びせられた。食料も弾丸も尽きたというので、もはやこれまで、全滅かと覚悟した。ところが、念のためこちらから無線で呼びかけたところ、一同元気であるという応答。いやあ、感動したよ。聞けば、野生のリンゴをもぎ、トウモロコシや大根を掘って食べて飢えをしのいだというじゃないか。さらに弾は敵兵から奪ったものを使ったという。さすが皇軍。陸軍大臣からおほめの電報をいただいたよ」

芝垣は長城線で山々の間を縫って進み北平中心部から七十五キロの八達嶺《はったつれい》へ出た。このあたりは最近、中国側が仕掛けた爆弾で鉄道のトンネルが破壊されたものの、鉄道隊の不眠不休の作業で十日もかせずに復旧したと聞いた。

八達嶺長城は全長三千七百キロ、中国北部を東から西へ二万キロ続く万里の長城の一部だ。上質の壁材を使っているらしく、車窓から夕陽を受けて美しく輝く姿を見ることができた。悠久の歴史の中で日本と中国の戦いはどう位置づけられることになるのか、また自身の活動がどこへつながっていくのか、それが気になる芝垣であった。

鉄道といえども無論、まったく安全というわけではない。今乗っている列車が中国軍によっていつ爆破されるか、いつ襲撃されるかわからないのだ。そうした恐怖と緊張の中で西へ西へと進んでいった。

ある時は客車ではなく軍馬や食料を運ぶ貨車に便乗したり、またある時は、苦力や捕虜となった便衣隊と同じ車両に詰め込まれた。彼らからは怪訝そうな視線を向けられたが、不思議と敵意は感じなかった。原野をひた走る貨車にたったひとりで乗った時にはさすがに心細かった。ドアを開けっぱなしにすると、冴え返る月が並走しながら荒漠たる一面の薄闇を照らしていた。

ようやく、北平から西に二百キロの張家口《ちょうかこう》に入った。内モンゴルと北平を結ぶ交通の要衝であり、物資の集積地だ。名の由来は十五世紀に張文が城壁のある駐屯地を築き、張家口堡と呼ばれたことによる。モンゴル語で「門」を意味するハールガからカルガンとも呼ばれた。チャハル省の省都。対モンゴル、ロシアの軍事拠点でもある。

街の北側には万里の長城、大境門長城がある。沿線に日本兵の死者を弔う墓標が高粱畑や木々の間に、ぽつぽつと立っている。その時、目の前に一面の白い絨毯が広がった。絨毯と見えたのは目の錯覚で、見渡す限りの真っ白な野菊の花だった。芝垣は英霊の安らかに眠らんことを祈り合掌した。

山西省北部の大同駅に近づくと、中国軍の陣地の跡が多く残っており、周りに手りゅう弾や鉄兜、打ち捨てられた荷物が散乱している。鉄橋が壊されていて、この先には進めないと言われ、強引に降ろされた。高原の舗装されていないデコボコ道をトラックに揺られていくと、道の両側には敵の兵士の屍や死んだ馬が風に吹かれて横たわっており、そこに野犬が群がっていた。芝垣は思わず目をつぶった。

武周山断崖の砂岩を切り開いた雲崗石窟で知られる大仏寺の住職が日本人だと聞いた。こんな遠隔地で布教に生きているのかと感じ入り、その日本人に会いにいった。仏教とキリスト教で、宗教は異なるが、思いが通じるところはあり、来てよかったと思った。

ある有力部隊を訪ねる機会があった。中佐から、

「慰問使に会うのは貴殿が初めてだが、よくおいでくださった。キリスト教は日本社会からはとかく

異端と見られがちな時だけに、わざわざ日本からこんな遠くまで来ていただき感謝に堪えない」と丁寧にお礼を言われた。

芝垣は、慰問使という難しい役割を果たそうと危険を顧みず試行錯誤しながらここまでやって来たが、この中佐の言葉で報われたような気がした。

ここでも抹茶を点てたが、中佐は、いや結構なお点前、もう一服、と所望し大層満足な様子だった。芝垣が同志社の出身だとわかると、中佐は京都二中の出身だと明かした。新島襄からキリスト教の真理を学び同志社に入った実業家の衆議院議員と昵懇だとも語り、その議員の三男の弁護士が級友で、学生時代、野球でバッテリーを組んだ仲だという。

その中佐が思いついたように、

「近くに英国基督教関係者が経営している首善病院というのがある。ここに中国軍の負傷兵が何人かいる。日本兵の慰問はあとにして、こちらを先に見舞ってくれないか。敵といえども名誉の負傷兵である。汝の敵を愛せよと言うではないか」そう勧めてくれた。

快く引き受けて訪ねると、病院では英国人婦人、ドイツ人医師、ロシア人の薬剤師、中国人職員らが忙しそうに働いていた。中国兵もゆったりとくつろいで治療を受けており、感動した。皆で歓迎してくれ、

「日本の軍人は親切で礼儀正しい。あなたを紹介してくれた中佐は既にお見舞いに来ました。ありがたいことです」と口をそろえた。戦地で、戦争を忘れさせそうなこんな支援活動ができたらと芝垣は将来に夢を膨らませた。

四

ハードスケジュールと緊張の連続で、北平に戻った時には芝垣はさすがに疲れ果てていた。ところが、待ち焦がれていた知人から連絡が届いていると知り、疲労が一気に吹き飛んだ。同志社の先輩で、北平の朝陽門外に誠海学園という学校を建て中国の女子教育に取り組んでいる美川泰造校長からであった。この傑物は芝垣より十歳以上年上だから既に四十代半ばのはずだ。

宣教師として中国に渡ったのは大正時代である。飢饉で苦しんでいる農村の子ども八百人に食事を与える災害児童収容所を立ち上げたというから驚きだ。

当時は飢えで木の芽や根を口にするどころか、馬糞を漉して糟を食うくらいの食料難だったらしい。干ばつが終わっても子どもを引き取りに来ない親が沢山いたことから、災害児童収容所がそのまま誠海学園になったというのが、何年か前、京都で会った時に美川から直接聞いた学校の歴史であった。

久しぶりに再会した美川は、額がいくらか禿げ上がっているものの相変わらずエネルギーにあふれ若々しかった。小柄で太めの体をせわしなく動かしながら、早口でまくし立てる。

「いやあ、本当にご無沙汰だね、芝垣君。こんな遠くまでよく来てくれた。うれしくて言葉もない。学校も大変でね」挨拶もそこそこに、話は誠海学園の経営の困難さに移っていく。

「とにかく資金が足りないのだ。子どもたちのために図書館や体育館を建設しなくてはならないのだが、誰も助けてくれない。君も知っているあのヴォーリズのメンソレータムの会社から寄付してもらったお金をつぎ込んでいるのだがね、それでも不足額はかなりのものだ」

メンソレータムというのは、すり傷、切り傷に効く軟膏で、滋賀県にその販売会社、近江兄弟社をつくったのがキリスト教伝道者で建築家のウィリアム・メレル・ヴォーリズだ。美川は大津市にある膳所中学の生徒だった時、ヴォーリズのバイブルクラスに通い、それが縁でキリスト教に入信、以来、彼に私淑しているのである。ヴォーリズも美川の事業を高く評価しており経済的な支援を惜しまなかった。

「先日、東京から日本基督教連盟皇軍慰問団が見えて、この学校も訪ねてくれたんだ。その時、聞いた話なのだが、日本全国で展開中の慰問袋を兵士に送る事業が好評でね。八万円もの慰問金が集まったそうだ。大したものさ。それで、連盟は気をよくしてね、何か新しい事業展開を企画するつもりのようだ」

「さらなる新事業ですか」

「そうだ。芝垣君が中国に来ていることは基督教連盟も承知しており、君にもアイデアを出してもらいたいと言っていたぞ。今回の旅で何か感じることはあったかい」

芝垣はいい機会だと思い、今回の旅で考えたことを美川に訴えた。

「欧米からの宣教師が中国各地で中国人の貧しい人たちの面倒をみているという話は聞いていましたが、現場で見ると、今は戦争による難民の支援活動を展開しているのですよ。何しろ膨大な数の難民だから大変な困難が伴う事業なのですが、彼らは献身的に奉仕しており感動しました。われわれ日本のクリスチャンも何かできることがあるはずです。この点は、帰国後に提出する基督連盟への慰問使報告の中に盛り込むつもりです」

「そうだね、それがいい。その報告書は重要だから、どうだろう、同志社の湯浅八郎総長にも送ってみては」

「美川校長、それはいいアイデアですね。わかりました。特にクリスチャンの学生には是非関心を持ってもらいたいと思っていたので、湯浅総長にお願いしてみましょう」

そこでしばらく間を置いた美川は、ところで、と前置きして、親日と見られていた中国の翼東防共自治政府保安隊によって日本人居留民の婦女子、子どもを含む二百二十五人が虐殺された通州事件に触れた。実は芝垣も既に現地を視察しており、その惨状は筆舌に尽くしがたいものであることを知っていた。

「通州はここから近いから基督教連盟の皇軍慰問団に同行して行ってみたんだが、二百を超える墓標が並んだ異様な光景には涙を流すことしかできなかった」美川は瞑目して祈った。

「私も訪ねました。日本でも一応報道はされましたが、あれほど悲惨な実態だとは伝わっていません。目を覆うばかりの暴虐の跡でした」

「そうか、君も行ったのか。日本人の死体があちこちに転がっていた。十四、十五歳以上の女はことごとく犯され、陰部を切り取られたうえ、そこにほうきの柄を突っ込まれていた。無残でとても見ていられなかった。子どもも牛のように鼻に針金を通され、手の指をそろえて切断されていた。男は腹を裂かれて内臓が散乱し、目をくりぬかれていた。とても人間の仕業とは思えない」

「神をも恐れぬ所業としか思えません」芝垣は吐き捨てた。

「まさにそうだが、いつも一見ぼんやりしているような中国人がここまでやるんだ。誰かが裏にいるんだろうが、それだけ日本と日本人に対する怒り、憤り、憎しみがすさまじいと考えなくてはならないだろう」

「美川校長のところもだいぶん被害があったのではないですか」

「ああ、ご想像の通り、大変な目にあったよ。実は、虐殺の限りを尽くした例の保安隊が翌日の午後遅く、朝陽門外にやって来てな。誠海学園の校舎を貸せと要求するんだ。幸いというか、私は通州で何が起こったか、その時はまだ知らなかった。保安隊の兵隊たちは血走った目をして、日本人はみなやっつけた、通州の街に火をつけた、とすっかり興奮している。今ここには校舎のカギがないととっさにウソをついて切り抜けたが、いま思えば冷や汗ものだった。保安隊は翌日までに千八百人にも膨れ上がったから、もしやつらに校舎を貸していたらどうなっていたか。想像しただけでも恐ろしい」

　美川は渋面をつくってクビを振った。そして、急に思い出した様に、

「そういえば、通州を取材していた確か同盟通信の記者が奇跡的に窮地を脱し命からがら逃げてきたので助けてあげた。今どうしているか」

　日本と中国の関係は悪化の一途ではあるが、それは政府間、軍部間のことであって民間レベルでみれば、また別である。欧米の宣教師や美川のような人がいる限り、日中関係にはまだまだ希望が残っていると、芝垣はそう思った。

「こういうご時世なだけに、誠海学園が存在することには意味がある。私はこの学校を通して中国女

性の教育、地位向上に貢献したい、この思いはますます強まるばかりだよ、芝垣君」

美川の熱弁は留まるところを知らなかった。

「女性実業家の廣岡浅子という人を知っているか。女子教育にも熱心で成瀬仁蔵を支援して日本女子大学校を創設した人だよ。何を隠そう、さっき話したヴォーリズは大阪の豪商、加島屋の廣岡家の増改築を請け負った縁で、当主の廣岡恵三の妹と結婚したのだが、その廣岡恵三は浅子の義理の息子、つまり浅子の娘婿に当たるという関係なんだ。大変な女傑でな。元々私が満州に来たのはその廣岡浅子女史の影響なんだ」

「廣岡さんなら有名な方だから知っています。ヴォーリズとそんな縁があったとは不思議ですね。彼女は確か、幕末の京都、出水三井家に生まれ、若くして加島屋に嫁いだ人で、大同生命を築き上げた女性実業家ですよね」

「そうそう。彼女はな、一九一六年だから、大正でいうと五年、日本と中国の両軍が衝突した鄭家屯《ていかとん》事件で有名な吉林省鄭家屯よりもさらに奥の内モンゴル自治区通遼《パインタラ》に広い土地を買い、そこに中国人と日本人のクリスチャン村を作ることを計画していたんだ」

「本当ですか。それは存じ上げませんでした。大きな夢を持った方なんですね」

「中国に来る前、天王寺の廣岡邸にあいさつに行ったんだ。そうしたら立派な革の鞄をプレゼントしてくれてな。今も大事に使っているよ。女史が生きていたらおもしろい村ができただろうが、残念なことに八年前に亡くなってしまった。私はそれで満州を去り、北平に移ったというわけだ。これでも、誠海学園は廣岡女史の思いを引き継いでいるつもりなんだよ」

廣岡浅子について、芝垣はあまりよく知らなかったが、このクリスチャンの先輩が内モンゴルにも夢を馳せていたことは大きな刺激となった。また廣岡は一九〇一年から愛国婦人会の活動にかかわり、戦死者の遺族や傷病兵の生活を助けるため、募金や救護活動を展開していた。この点でも何かしら芝垣の生き方と重なるような気がした。

長年、美川を支えてきた夫人の墓が校庭にあるというので案内してもらった。小さな墓であった。芝垣は中国の貧しい少女たちのためにこの地の塩となった一人の日本人女性の献身を胸に刻みながら墓前に額ずいた。墓を覆う木々も紅葉が始まっていた。芝垣は、夫人を偲ぶかのように遠くを見やる美川の端然とした姿を清々しく感じた。

五

「よう、芝垣、久しぶりだのう。貴様、クリスチャンになったと聞いたが元気でやっているか」

「はあ、今、京都の洛南教会にいます。田村先輩もお元気そうで」

こじんまりした料亭で、近衛騎兵連隊時代の先輩の田村との席を設けてくれたのは、北支方面軍の関係者だった。女将は日本人だが、他の仲居は中国人か、朝鮮人なのだろう。和服の着方がどこかぎこちない。田村は近衛連隊山梨県人会の集まりで知り合った同郷人で、何かと世話になったが中国に来ているとは知らなかった。大雑把なところはあるが、面倒見がよくおおらかで親しみやすい男である。

「この二人の後輩も俺と一緒に近衛歩兵連隊にいたんだ。出身は岩手と新潟だ。去年からみんなで中国にいる」と田村が隣の男たちを紹介した。

皇道派青年将校が第一師団の歩兵第一、第三連隊、近衛師団の近衛歩兵第三連隊を中心とする下士官、兵を指揮して政府首脳を襲った二・二六事件がちらりと芝垣の頭をよぎった。考えすぎかもしれなかったが、ふたりの男はなにか剣呑さを身にまとっていた。

最初はぎこちなかった会話も酒が進むにつれて盛り上がってきた。

「どうして耶蘇教なんぞの信者になったのか、俺には理解できんが、まあ、いいだろう」

田村は早くもろれつが回らなくなっている。

「ところで上官だった山本曹長を覚えてきるだろう。あのロスケ殺しの鬼の山本だよ。貴様が退役してしばらくたってから、いよいよ頭がおかしくなってな。精神錯乱とでもいうのかな、刀を振り回した挙句、銃を口にくわえて自殺しよった。日露戦争で人間が壊れてしまったんだな。ようやくたばったって、皆、ほっとしたもんだ。第二次上海事変が起きたし、これからは国民精神総動員でいかねばならん。仏教も禅宗もキリスト教も違いはない。全宗教、総動員だ」

田村が話した山本という上官には芝垣は嫌悪感しかない。日露戦争でロシア兵をいかにたくさん殺したか、いかに残酷に殺したか、という話しかしない男だった。発作的に暴れ、若い兵隊を虐待した。教育とか指導の名目で殴り殺された若者もいる。今でも思い出しただけで反吐が出る。それでも自殺とは何とも痛ましい人生だ。

「相変わらず強引ですな、田村先輩は。平和を愛するという宗教者の立場は共通だけど、キリスト教と仏教は違う。別物と言っていいですね。私が徴兵で近衛騎兵連隊に行ったのは大阪の船会社に勤務している時だったけど、実際に軍隊を経験して戦争というものを真剣に考えてみたんです。自分には山本曹長のように人は殺せないと思った。山本曹長のような人格破綻者にはなりたくないし、ああいう人を生み出す戦争というものが心底、恐ろしくなってしまった。会社に戻ってもね、そのことが頭から離れないんですよ。臆病者なのかもしれません、自分は。会社の同僚にクリスチャンがいて、彼の誘いで教会に行くようになって、それで救われました」

芝垣は自分に言い聞かせるように語り続けた。もし近衛騎兵連隊に行っていなければ、もしそこで山本という男に会っていなければ、クリスチャンにもならなかっただろう。今さらながら、運命ともいうべきめぐり逢いの不可解さを思った。

「戦さというものは、殺さなければ殺されるだけだ。だから、嫌だなんて言っておられないんだぞ。キリスト教だって戦争や侵略に加担してきた歴史があるじゃないか。そうだろう。まあいい、そのうちわかる。俺も頑固かもしれんが、貴様こそ、甲州人らしい負けず嫌いのメチャカモンぶりは少しも変わっておらんな、ワッ、ハッ、ハッ。しかしな、クリスチャンさんよ、時代を読まなくちゃだめだぞ。五族協和という言葉を知っておるか」

「孫文も漢、満、蒙、回、蔵の五族共和で中華民国の統合を目指したそうですよ」

田村の問いかけに、そう芝垣がいくらか茶化し気味に話した途端、突然、コップ酒をあおっていたエラの張った岩手県人が座卓をたたいて立ち上がった。

「何だと、馬鹿者。芝垣、貴様、ふざけているのか」真っ青な顔をして震えている。

「まあまあ、落ち着け。芝垣はこういう男よ。頭はいいのだが素直さが足りん。お前のところの石川啄木や宮沢賢治とは違うわい」田村があわてて待ったをかけた。

「なるほど、五族協和という満州国建国の理念は立派だけど、単なるスローガンでは意味がない。日本人中心ではなく中国人、朝鮮人、蒙古人もみな平等な理想的な国をつくれますかね」芝垣が皮肉な笑いを見せながら、杯をあおった。

ずっと沈黙を保っていた色白の新潟県人が穏やかな口調で話しかけてきた。

「これは機密事項だが、教えて進ぜよう。近く満州国の首都、新京に五族協和を象徴する満州建国大学が設立されます。日本だけでなく、中国、朝鮮、モンゴル、ロシアの若者が集まってともに学ぶ教育機関といえます。英語、ドイツ語、フランス語も教えるし、何より言論の自由が保障されています。信じられないでしょうが、日本政府を批判しようが、朝鮮独立を叫ぼうが自由なのです。いわば五族協和を実践する実験場です。そしてこの新大学については実に多くの人たちが夢を持っているのです。どうです。なかなか興味深いでしょう」

芝垣は黙った。本当にそんな大学ができるのだろうか。信じ難かった。話は続いた。

「日本の大陸進出は満州に限定した話ではないのです。いずれはアジア全体を包含する大アジア主義の、いわば東亜共栄圏を意識しています。日本国内のキリスト教界もそうした考えを十分理解して軍部に協力しようとしていると聞いております。それを忘れないことですね」

その新しい大学に、多民族の若者が集まり、夢と理想をぶつけ合うという構想には何か不快な宣伝臭が漂っているのを芝垣は感じた。しかし、同時に、もし、それが実現したらアジアの未来に一筋の光を当てるに違いないという期待を抱いた。そう考えてなお芝垣の口を突いて出たのは辛らつな一言だった。

「ほう、日満一体、東亜新秩序か。確か石原莞爾が似たようなことを言っていましたよね。いわゆる満州派か。しかし、今や、東條英機らの統制派が力を持っているのではないですか。北一輝の影響を受けた皇道派は壊滅したようですね」

田村の顔色が変わった。

「貴様、去年の事件のことを言っているのか。俺たちはな」と言いかけた、すると、田村さん、それ以上はやめてくださいと二人の後輩が止めに入った。二・二六事件では皇道派将校が何人か銃殺刑に処せられた。皇道派の根拠地となっていた第一師団の満州動員で皇道派が弱体化するのを恐れたことが決起の理由のひとつともいわれる。どういう責任を問われたのかは明らかではないが、敵は中国ではなくロシアだと主張していたはずの皇道派に近い下士官や兵までもが中国に送られているのは皮肉なことだと芝垣は思い、彼らの主張に苦みを感じた。

「ひとついいことを教えてやろう、芝垣」田村の目が血走っている。

「石原は二・二六では参謀本部作戦課長として反乱を終息へ導いたわけだが、その前に課の大金庫に秘匿されてあった極東ソ連軍の戦力推移表を見て愕然としたそうだ。師団数が関東軍の三倍もあったうえ、戦車、航空機も圧倒的にソ連側が多かったからだ。それから石原が中心になって戦争計画が作成されることになったが、まずは打倒ソ連だ。米国とは一応親善関係を保ち英国も倒す。こうして日中親善の基礎を固めたうえでアジア諸国を指導しながら日米決戦にのぞむというわけだ。石原はこの十月に関東軍参謀副長に着任したばかり。まあ、左遷だよ。これから東條参謀長とのケンカが始まるぞ」

重苦しい雰囲気になった。さすがに、これはまずいと思った芝垣はいくらか躊躇した後、思い切ってリュックの中から寄書帖を取り出し、一枚の色紙を披露した。その途端、全員がおおこれはといった表情で、絶句したまま達筆の文字に見入っている。

「破邪顕正　山下奉文」

そう黒々としたためてある。二・二六事件で決起した将校たちと陸軍省の間に立ち仲介役を果たした山下は、将校たちに理解を示し自決を勧めた。そのことから謀反の同調者と見られて左遷され、いま支那駐屯混成旅団長を務めている。

「昨日、山下旅団長を表敬訪問した際、書いていただいたものです」芝垣の説明に、田村が「不正を破って正義を明らかにする、か。まさに。彼らしいいい書だ。芝垣、この色紙は家宝だな」そう低くうなると、後輩たちも力強くうなずいた。


三か月の長旅を終えた芝垣は日本基督教連盟にあてて電報を打った。

ジュウグン三ジュン、コレニテゼンホクシノサイゼンセンニ、ダイ一ノシメイヲハタシエタリ。テンオントゼンコクドウシノゴシエンカンシャス。

(従軍三旬、これにて全北支の最前線に、第一の使命を果たし得たり。天恩と全国同志のご支援

に感謝す）

芝垣は報告書をまとめるに当たって何をどこまで記すべきか悩んだ。あまりにも多くのことを、しかも、生々しく体験、見聞したことで混乱していた。正直、日本軍の行為に関して、これは問題だと考えることも少なくなかった。しかし、批判は胸の内に納め、報告書には書かないつもりだった。というのも、先日、今まで見もしなかったカバンの内ポケットを何気なく開けたところ、手紙らしきものを見つけたのだ。

竹財からで、「芝垣さん、おつとめご苦労さまです。報告書を楽しみにしております」という書き出しに続いて、報告書の内容について「ひとつお願いがあります。軍に対する批判めいたことは一切書かないようにしてください。必ず検閲が入ると思われますので、くれぐれもご注意ください。僭越ながら」としたためられていた。

余計なお世話だと思わぬこともなかったが、生真面目な芝垣の筆が走りすぎることを心配してくれたのだろう。調子がいいだけの男だと思っていた竹財の意外な心配りに、芝垣は感心した。そして、その忠告をありがたく受け入れることにした。報告書を書きながら、自身が近いうちに再び、この大陸の地を踏むことになるであろうことだけは確信していた。

第三章　中国人難民救済医療班

一

暮れも押し迫り、駅裏の傾きかけた食堂に京都洛南教会にかかわりを持つ人たちが集まった。

「ちょっと遅くなったけど、まずは芝垣さんの中国北部地域への慰問使派遣が大いなる成功を収めたこと、また合わせて、無事にご帰国されたことをお祝いしたいと思います。芝垣さん、まことにご苦労さまでした。そしておめでとうございます。じゃあ、みんな、乾杯といこうか。元気よく、はい、カンパーイ」

大きな声で音頭を取っているのは竹財である。芝垣がビールを一気に飲みほしているのを目の端に入れながら竹財は思った。芝垣がこれほど心からうれしそうにしているのを見るのは久しぶりだ。帰国した当時は疲れと報告書をまとめるのに多忙を極めており、いつも辛気臭い顔をしていたが、それでも、中国で見たこと、感じたことは、大きな刺激になっているようで、思いついたように突然、難民支援の必要性をまくしたてたりしていた。

食堂はお勝手場から流れてくる白い湯気が籠もり、時々ガラス戸の隙間から吹き込んでくる冷たい風がそれを吹き払っている。

あら、変わったお品書きが張ってあるわ。竹財の隣でどことなくそわそわして落ち着かない様子の綾が壁のメニューを目にとめた。ウワー、ホントだ、すげえ、全員が口々に歓声を上げた。ここの常連である竹財には既になじみのメニューだが、今はそれを満足そうにながめている。

「非常時胃問袋」と、兵隊に日用品やお守りを送る「慰問袋」をもじった朱書きの大書のあとに、奇妙な料理メニューが張り出してある。

例えば「出陣」はお酒、

「弾丸」は豆あられ、

「南京大空襲」は裸の南京豆といった具合である。

「日章旗」まであり、これは卵のフライ、

「武運長久」はカツオの刺身。

戦争で何かと世知辛い世の中にあって何やらユーモラスだ。店の主人の心意気なのだろうか。

「私は弾丸をいただこうかしら。誰でもいいからダンダンと撃ってやるわ。ほらダン、ダン、ズドーン」手でピストルの形を作りながら、はしゃいでいるのは神戸から駆けつけた葉子である。

ウーン、何にしようかしらと綾は悩んでいる。看護婦の仕事でいつも忙しいが、きょうはどうしても芝垣の話を聞きたいと思い顔を出したのだ。元々食べ物にそれほど関心がある方ではないが、豊富なメニューを前にして目が散ってなかなか決まらない。

「そうだな、じゃあ、僕は南京豆をもらおうか」とゆっくり手を挙げたのは江河だ。「ただし、裸じゃなくて殻付きで」

「江河君、南京豆というのはないよ。冗談がわからんヤツだな。あるのは南京大空襲だ。空襲でまる焼けだから、裸の豆なんだぞ」竹財がまぜ返す。

「竹財さん、何を言っているんですか。だから殻をつけるんですよ。殻があれば、空襲があってもいくらか防御できるじゃないですか。だから、ただの南京豆なんですよ。丸裸じゃ、一方的にやられっぱなしだ。悪趣味が過ぎるんじゃないですか。だいたい食べ物まで戦争のオモチャにしてしまうなんて、ちょっとやりすぎですよ」と江河も負けていない。

街中がどことなく浮いた気分に満ちているのは今月に入って日本軍が南京を占領したことと関係があるのだろう、と竹財は思う。南京陥落の報に国内の盛り上がりようはすさまじかった。日本各地で昼は旗行列が行われ、それが夜は提灯行列に変わった。京都も例外ではなかった。人々は、南京陥落万歳と声をあげながら街を練り歩いた。

「それじゃあ、私はカツオの刺身と酒、武運長久を祈って出陣といこうか」芝垣が声を張り上げた。おかげで江河の一言で白けかけていた座に再び熱が戻ってきた。

竹財の顔はもう真っ赤だ。早くも酔いが回り体がふらついている。

「ところで芝垣さん、例の医療班派遣の話ですが、お医者さんや看護婦さんは集まったんですか」と竹財は気になっていたことを思い切って問いかけた。

芝垣は帰国後、日本基督教連盟と京都大学、同志社大学にあてて従軍慰問使としての報告書を提出したが、現地の中国人難民を救済するため、義援金への協力と並んで、看護婦と外科、内科、歯科などの医師の派遣を呼び掛けていた。

いよいよ医療班の派遣だ、と大いに関心を持った竹財がいま尋ねたのはその募集の成り行きについてである。竹財はできれば中国へ行きたいと考えていた。父は大学教授で非常にリベラルな考えの持ち主だったが、そのせいで軍や警察から執拗にマークされ家族も不愉快な思いをしていた。そんなことから日本を脱出したいと考えていたが、念頭にあったのはアンリ・デュナンのことだった。

一八五九年、イタリア統一戦争下のソルフェリーノで敵味方なく負傷者の救護活動を行い、その経験から赤十字社を創設した人物である。医者でも技術者でもない自分にはチャンスは少ないと自覚していた。ただ、医療班への応募者が少なければ可能性はないこともないはずだ。日本のデュナンよろしく、竹財はそこになんとか潜り込めないかと密かに期待を寄せていたのである。

果たして、どの程度の応募者があったのか。芝垣の返事を待った。

「いや、竹財君、残念ながらまだ応募はないんだ。まったく反応がなく正直、まいっているところだよ。関心がないとは思えないのだが、医者も看護婦も病院に勤めていたり、開業していたりで、気持ちはあっても忙しいのだろうな」

竹財の顔がパッと輝いた。

「いやいや、医者なんてものはそんなものですよ。必ずしも慈善家とは限らない。親が医者だから自分もとか、お金が儲かるから医者になるなんて輩も多いんですよ。なあ、江河君」

代々医者の家系である江河はあてこすられて露骨に嫌な顔をして、竹財をにらんだ。

一瞬、気まずい空気が流れたが、綾が横から口を挟んだ。

「そういえば、奉天三十年のクリスティーは宣教師でありお医者さまでしたね。彼の本を翻訳して近く出版する予定といわれていた矢内原忠雄先生は舌禍事件で東大教授を辞任してしまいましたね。残念ですわ」

「そうですよ、クリスティーのように立派な医者もたくさんいます。竹財さん、あなたの母校、明治学院を創設したヘボン博士も確か医者じゃなかったですか。大変な慈善家でもあるとうかがっていますが」江河の思いがけない突っ込みに、竹財はまいった、一本取られたといった表情で苦笑いした。

まああ、あせっても仕方ない、そのうち、奇特な御仁が手を挙げてくれるだろう、と芝垣が言いながら、空になった徳利を持ち上げて振った。竹財が、女将さん、再度出陣、お銚子もう一本と声をあげると、ハーイ、ただいまという、よく通る女将の返事が返ってきた。

その時、綾が「実は、お話があります」と華奢な体をまっすぐに立て正座して芝垣の方を見た。普段から、時に思い切った言動が売りの綾だけに、一同、今度は何事かと息を飲んだ。

「私でよければ、中国に連れていっていただだけませんか。れっきとした看護婦ですから。中国にも癩病患者は多いから、その点でも役立ちますわ。是非、お願いいたします」

その迫力に座が一瞬静まった。先ほどからなんとなく落ち着かない様子に見えたのは、この話を切り出すタイミングを計っていたからだと知れた。

すぐに、我が意を得たりといった風に隣の葉子が続いた。

「綾さん、素敵だわ。三郎兄さん、私も行くわ。本物の看護はできないから、肩書は看護婦見習いということでどうかしら」

「免許のない人は特殊看護婦というんだよ。いわば雑用係さ、葉子さん」竹財も負けてはいられなかった。「芝垣さん、俺こそ、是非、雑用係でお願いします。カバン持ち、運転手、通訳、掃除夫、場合によっては錬金術使、何でもやりますから、お役に立ちますよ。同志社図書館にはいつでも休職届を出します」

芝垣は驚き、そして、うれしそうに笑った。

「みんな、ありがとう。伝道師の大橋君が結核で死ぬ時に語った言葉が私には忘れられないんだ。彼は、日本軍閥の罪を贖わんがために死するなりと、そう言って亡くなったんだ。大橋は殉教者だよ。生きているわれわれは、大陸に行って敵味方なく中国人難民を助けることで、日本の罪を贖うんだ。慰問使として大陸を走り回っている時に考えていたことはそのことだったんだ。よし、必ず、医療班を送ろう。みんな、力を合わせようじゃないか。中国のために、そして日本のために。じゃあ、医療班の結成を祈念して乾杯しよう、アーメン、ハレルヤ」

このやり取りをじっと聞いていた江河が突然、立ち上がった。

「応募できるのは医者だけですか、僕ら医学部の学生も一緒に行けないでしょうか」と声をあげた。江河によれば、京大には医学部基督者会というものがあって十名くらいで活動しているが、中国のために何かしたいという思いは非常に強い。中国人留学生を慰める会や吉田山の山頂でのお祈り会を開いており、今まさに中国難民を支援する医療班を作ろうという動きが具体化し始めているという。

中心になっているのは、江河の同期の医学生と先輩医師だ。ところが独自の派遣には準備に相当時間がかかりそうなので、すぐには難しい。そこで、もし、可能なら芝垣の構想、つまり医療班派遣に便乗させてもらい、一緒に活動したいのだという。

「それはいい話だが、日本基督教連盟も動いているのじゃないか」と芝垣は以前から気になっていたことを口にした。

芝垣が聞いている話では、日本基督教連盟は「支那事変に関する声明」で「吾等は進んで国民精神の総動員の挙に参加し、報国尽忠の誠をいたさんことを期す」と述べたうえで時局特別事業部を設立、御殿場の東山荘と東京で会議を持ち、軍隊慰問に加え、内外人避難民の救済を打ち出したという。

「いや、それはまったく違います。日本基督教連盟がやろうとしているのはあくまで日本に避難してくる外国人及び日本人に対する支援が中心で、誰か人を中国へ派遣するという話ではありません」と江河、「むしろ上海近辺の日本人から、多くの中国人が死傷している、何とかならないかという手紙を受け取っているＹＭＣＡの方が現地へ医師を派遣する必要性を感じているようです。ただ、こちらもいろいろ問題があり、動くに動けない状態。台風の過ぎ去るのを待っているようで、実現には時間がかかるでしょうが」

芝垣は、大陸を駆け回った経験をもとにまとめた報告書の提案が日本基督教連盟の内部で一向に議論されていないことに不満を強めていた。また、ＹＭＣＡが医師の派遣を検討しているのなら、自分に何の連絡もないのも解せなかった。

しかし、今そんなことは考えても仕方のないことだった。神の権威と俗世の軍の権威の板挟みに苦しみ、芝垣が派遣する医療班に身を投じることで突破口を見出そうとしている医学生を見捨てることはできない。いや、前途は多難だろうが、むしろ積極的に彼らに協力を依頼すべきではないか、そう思った。

「ありがとう、江河君、そういうことなら一緒にやろうじゃないか。中国へ行こう。畏れるものは何もない」

「ウワッー、やった。本当ですね、芝垣さん。皆、喜びますよ。こうなりゃ留年覚悟だ」

興奮して喜ぶ江河。その手を竹財が握った。

「よかったな、江河。じゃあ、綾さんに葉子さん、それに俺と京大医学生たちが加わって医療班派遣だ。もう一度、みんなで乾杯しようではないか」竹財はそう叫びながらも、中国に行けそうだという好運が信じられなかった。全身が熱かった。

よし、わかったと言って、芝垣が音頭をとり、全員が唱和した。

「カンパーイ、中国へ。いざ、行かん。畏るるなかれ」

二

ひとりの女性が京都駅裏を歩いていた。懐かしい、この路地も、この建物も。まだ子どもだったが、この街は私たちを温かく迎えてくれたのだ。京都洛南教会のあたりまで来ると、子どもたちが唄う「うれしいひなまつり」が聞こえてきた。去年レコードが発売された童謡で、今年も流行っているようだ。

……
お嫁にいらした姉さまに
よく似た官女の白い顔

教会の中で子どもたちの歌を聴いていた芝垣は故郷の墓に眠る姉のことを思い出していた。

女性は玄関先で一瞬、躊躇した。自分がこの場にいるのが、いかにも不自然な、ありえないような気がしたからだ。本当にここへ来てよかったのだろうか。今なら引き返せる、そう思ったが、行く当てのない自分を預かってもらえそうな他の場所は思い浮かばなかった。思い切って玄関の扉に手をかけた。

「ごめんください」

ひなまつりの歌声がとぎれた時、玄関で女性の声がした。芝垣は、誰かと思って玄関へ出た。なぜかドキリとした。初め、その女性が誰かわからなかった。きれいな人だった。まさか、姉であるはずはない。

「芝垣さん、お久しぶりでございます。いつぞやは大変お世話になりました。覚えておられますか、高水百合です」

女性はそう名乗った。百合は下を向いて和服の裾を気にしている。芝垣から何の反応もないので、自分のことが誰かわからないのだということを悟るのに少し間があった。

あの、父の仙太郎が、と言うとようやく思い出してくれたようだ。それも仕方がない。あれからもう六年にもなるのだもの。

「父の仙太郎が亡くなりました。老衰です。芝垣さんにくれぐれもよろしくと言い残して」

癩を病んで東寺の門前に倒れていた私たち親子。お世話になった父、仙太郎が瀬戸内の大島療養所で先日、逝去したことを告げた。

患者の父親が死んだとなると、病気ではない百合が療養所にいる理由がなくなった。それで退所を余儀なくされたのだが、戸籍を抜かれてしまった故郷に戻れるはずもなく、とりあえず、縁を頼って教会を訪ねてみたのだ。

　芝垣はあまりの驚きに言葉を失っていた。あの下を向いてばかりだった痛々しい少女がこんなにも立派に成長したのか。ことしで十八歳くらいのはずだ。匂うように美しい。

「百合さん、そんなところに突っ立っていないで、さあ、ともかく上がって。積もる話もあるだろうから」

　当時を思い出すのだろう。百合は教会の内部をあちこち見回し、出されたお茶をいただきながら、療養所での暮らしや父の亡くなった時の状況、あるいは自身の近況などについて控えめながらしっかりした口調で説明した。

「それで、いろいろお世話になったのにまたお願い事で誠に恐縮なんですが」とそこでいったん言葉を切り、間を置いたあと、「芝垣さんが中国へ難民を救済する医療班を派遣されると、大島療養所に時折来られる癩病仮収容所の看護婦の雪沢綾さんに伺いました。実は綾さんも今日こちらへいらっしゃるはずなんですけど、その医療班のこと、本当でしょうか。もしそうなら、私も是非、一緒に連れていっていただくわけには参りませんでしょうか」

　百合の思いつめた表情に、芝垣は気おされながら「えっ、中国へ。百合さん、それはまだ正式に決まった話ではないんですよ」

「そうなんですか」

「もちろん、行きたいということで準備は進めているのですが。それにしても百合さん、どうして中国へ」

「私、もう日本に居場所はありませんの。療養所には病気でない子どもたちも大勢いて友達もでき、楽しかったのですが、私は病人を異物のように排除する日本の村社会が好きになれません。嫌いだし怖いのです。いっそ、誰にも知られていない遠くで暮らしたいと思っていたのです。そしたら、難民救済医療班で看護婦が必要だと聞いたものですから。こんな私でも社会のお役に立てるとしたら、これほどうれしいことはありません」

実は大島療養所の中に準看護学校があり、百合は、綾にあこがれていたこととといずれ役に立つこともあろうかとの思いから、そこでずっと勉強してきたのだ。

「もう、準看護婦の免許は持っています。貯金もいくらかはあります。一生懸命働きます。芝垣さん、お願いです。どうか私を、わたくしを……」突然、涙があふれ、あとは言葉にならずハンカチで涙をふくばかりである。

そこへ綾が顔を出した。あら、もう来ていらしたの、早かったのねと百合に挨拶すると、

「芝垣さん、もうお話ししたみたいですけど、百合ちゃんのこと、本当にお願いしますね。うちの林所長もくれぐれもよろしくと申しておりました。勝手な言い分だということはわかっているんですけど、彼女、本当に行くところがないんです。あまりにも可哀そうですわ。でもね、百合ちゃんはもう立派な一人前の看護婦ですよ。私が教育しましたから。口数は多い方ではないけれど、しっかりした性格だし、こういう人が医療班には必要です」

百合は綾の援護射撃がうれしかった。芝垣の方を見ると、林所長には最近、教会へ寄付をしてもらっ

たことだし、いやあ、まいったなあと頭をかいたが、まんざらでもなさそうだった。実は、看護婦の応募がまったくなく、困っていたところだっただけに、渡りに船であった。ただ、何と言っても戦場である。仙太郎がもし生きていたら、若い百合を大陸へ連れていくことを許してくれるだろうかと、そんな思案でもしているようだった。

「百合さん、あなたの気持ちはわかった。まだ少し時間もあるから、準備を手伝ってもらいながらゆっくり考えるということでどうだろう。何しろ中国は戦闘が続いている危険なところで仕事も大変だからね。その間になくなった戸籍も回復しないとな」

この日は、薬問屋が並ぶ大阪の道修町まで出かけることになっていた。芝垣に連れられて綾と百合も喜んで現地へ足を運んだ。

既に仲間が集まっていた。

「初めまして、高水百合申します。よろしくお願いします」とはにかみながら頭を下げると、まじまじと顔をのぞき込んだ竹財が、

「本当に、あの真っ黒な顔していた百合ちゃんか。そうか、お父さんは亡くなったか。ご愁傷様です。それにしても、見違えるというのはこのこっちゃ。こんなにきれいになって。なあ、江河」

名指しされた江河も、うーん、確かに、とつぶやきながら興味津々でうなずいている。

葉子にいたっては「そんなにジロジロ見たら、百合さんに失礼よ。でも、悔しいくらいきれいねえ、この子。髪はカラスの濡羽色というけど、本当にいい色やわ。負けたわ」と勝手に髪を撫でまわして

いる。よほど気に入っているらしく、綾にたしなめられてようやく手を引っ込めたほどである。

医療班に加わるのはこの面々と、この日顔を出した江河の級友でクリスチャンの医学生、ノッポの稲垣とポッチャの野村、そしてピアノの篠原である。

ノッポは文字通り背が高く、要領よく立ち回るタイプで動きも早い。ポッチャはポッチャリの略で、体型が肥満気味で万事がスローペースである。ピアノというのは音楽好きで、ピアノが特別上手らしい。集合してすぐ、大学でのあだ名が紹介され、その後、そのままずっと、その名で呼ばれることになるのである。

あとは大学にいる先輩の医師が二人加わる予定だ。

「さあ、今日は薬問屋を回って薬を寄付してもらいましょう。お金の寄付は結構集まっていますが、これは旅費に当てる予定ですので、薬は買えない。だから、みんな、大きな声を出して薬の寄付をお願いしてください」と江河が説明する。

ポッチャが「売り物の薬をそんなに簡単に寄付してくれるんか」と心配そうだ。

「アホやなあ、売り物じゃなく、古くなった薬をもらうんや。そんな薬は向こうも処分したいのに処分代がかかるんで困ってはるんや」とノッポが突っ込む。

「薬にも消費期限があるのか、江河君」ポッチャは納得できない様子である。

「うん、そうや。正確には使用期限というのだけど、薬の効果が十分に発揮される期限のことで、大体半年から一年くらいかな」

よし、みんな、じゃあ、いくぞ。先頭の芝垣がそう声をかけると行列がもそもそと動き出した。

「皆さん、われわれは京都大学医学部の学生であります。中国に行って難民を支援します。お金の寄付はもうええんです。六千円も集まりました。足りないんは薬なんです。使用期限の切れた薬はありませんか」芝垣の大声に全員が唱和する。

「アリマセンカー」

「あれば、風邪薬、塗り薬、生薬なんでも結構です。寄付をお願いします」

「寄付ヲ　オ願イシマース」

あちこちの店先から顔がのぞき、たちまち人が寄ってきた。箱や袋を抱えており、それごと、ドーンと渡してくれる。

「アリガトウ　ゴザイマース」

いつの間にか姿を消していた竹財が古ぼけた秤を背負って戻ってきた。

「こういう機械も必要だろう」。

それを見た百合が、

「使わなくなった中古の医療機器はありませんか。あれば寄付してください」と機転をきかせて声を出した。綾と葉子が嬉しそうに唱和した。

「中古機器ヲ　寄付シテクダサーイ」

浮き浮きした気分で一行が歩を進めていたその時、突然、行く手を阻むように、ヨレヨレの服を着た男が行列の前に立ちはだかった。

「おい、学生、ちょっと待て。お前ら、中国人を支援するちゅうのんはどういうこっちゃ。日本はいま中国と戦っている。敵を助けてどないすんねん、このアホ」

芝垣があわてて止めに入り、何か言おうとしたが、声が出ない、全員が凍り付いている。後ろの方から女性の鋭い声が飛んだ。白い割烹着姿の主婦だった。

「そうや、この人の言う通りよ。うちの父ちゃんも満州で戦ってる。中国人をやっつけてるんよ。あいつら、助けることなんかあらへんわ」

その通りや、中国をやっつけろとはやし立てる声が聞こえる。

その時、葉子が声をあげた。神戸仕込みのあやしい関西弁である。

「みんな、何言うてんの。日本に金持ちと貧乏人がおるように、中国にも両方おるんや。うちらが助けようと思うてるのは中国の貧しい人たちや。貧乏人が貧乏人を支援して何が悪い。軍とは別や。みなさんにわかってもらわんことには、私たちは自由に動けないんです。よろしくお願いします」

「馬鹿馬鹿しい。やかましいわ。女は黙っちょれ」先ほどの男だ。

「こんな大事なこと、黙っとれますかいな」葉子も負けていない。

周囲から、そうや、そうや、ねえちゃん頑張れ、と今度は葉子を応援する声がわき起こり、男は狼狽した。何を、と真っ赤な顔で肩をそびやかせて見せてはみたものの、このアホと捨て台詞を残し、こそこそと逃げていった。

若者たちの心はざわついた。医療班を支持する人ばかりではない。それが現実だった。張り切っていた気分は空気が抜けた風船みたいにしぼみ、重い鉛を飲み込んだような不快感だけが残った。

三

さわやかな風薫る季節になり、中国人難民救済医療班が正式に結成された。江河とポッチャ、ノッポ、ピアノの四人は京都洛南教会にも頻繁に顔を見せ、芝垣の活動を手伝った。まじめで堅物かと思いきや、なかなか、おもしろいところのある若者たちだった。

手品を披露したり一緒に駆けまわったり、皆、子どもの扱いが驚くほどうまく勉強の面倒もよくみてくれた。医学生とはいっても、現場での治療はやっておらず経験不足は否めないが、中国での医療班参加には意欲満々だった。京大の大学病院で高価な医療機器を借りて中国へ持っていけることをノッポはうれしそうに報告した。無口なポッチャには珍しく「中国人支援に理解のある大手の製薬会社が薬を寄付してくれるそうです」と自慢気に話してくれた。

その一方で意外な話もあった。

「ピアノがうまい篠原が病気で倒れてしまって。本人は風邪だと言っているのですが、ひょっとすると結核ではないかと心配しています。中国行きは難しいかもしれません。ずいぶん悔しがっていました」

江河はそう言っていかにも残念そうだった。篠原は牧師の息子で小さいころから病弱だったという。何か趣味をということでピアノを習わせてもらい、そちらの方はかなりの腕前らしいが、こうなったら難民支援どころではない。まずは治療を優先してもらうしかない。

「中国へ行くのも大事だが、国内にも寄付金集めなどの重要な仕事が残っている。篠原君にその気があるなら、病気が治ってから、国内のそういう方面で活躍してもらう手もあるよ」

芝垣の提案に、江河は目を輝かせた。

「そうですね。それはいいアイデアです。早速、篠原に知らせてやりますよ。あいつ、相当落ち込んでいましたから」

「そうしてくれ。ただ、無理はしないようにな。そう伝えてくれ」

「わかりました。ところで、芝垣さん、大学病院の医局にいる先輩医師が二人、医療班に参加してくれることになっていたんですが」と江河が沈んだ声を出した。成岡彰輔《なるおかしょうすけ》先輩は行ってくれます。ちょっと個性的な人ですが、まあ、医者は変わったところのあるタイプが多いですから。問題はもうひとりの方で、実は妙なことを言い出しましてね」

「妙なこととは」芝垣は眉をひそめた。

「ええ、芝垣さんは従軍慰問使と名乗っており軍人みたいなものではないか、医療班が軍主導なら協力したくないと。まあ、そんなことをごちゃごちゃ言い始めているんですよ」

「何を馬鹿馬鹿しいことを言っているんだ。因縁をつけられているみたいで不愉快だな。僕は軍人ではない。当たり前ではないか。従軍といっても私は鉄砲を担いで中国北部地域を見て回ったわけじゃない。日本基督教連盟から派遣され、一人のクリスチャンとして慰問してきたんだ。それに今回派遣する医療班は軍の組織じゃない。主導権は当然われわれにあるんだ。自力でやるんだよ」

芝垣はむきになって言いつのった。まるで軍に協力しているかのように批判する輩もいることを知っているだけに、その点ははっきりさせておきたかった。特にキリスト教関係者の内部のそうした批判は耐え難かった。

江河が芝垣に声をかけた。

「成岡さんも、その先輩医師も京大ＹＭＣＡに属しているクリスチャンなんです。今、キリスト教界全体が体制迎合に動いています。ＹＭＣＡだって国体尊重、皇国忠誠なんですが、本音でいえばわれわれは反軍国主義です。だから、彼がそう言う気持ちもわからないではないんですが」

「確かに、医療班といっても、結局は軍の宣撫的役割じゃないかという批判はある。しかし、江河君、戦禍で苦しんでいる人たちを放っておけるかね。できるだけのことをすべきじゃないのか。歴史の大きな渦の中で、現地の中国人が少しでも助かるなら私は行くよ。敵も味方もないのだよ。私は政治を変えることはできない。そんな力はない。しかし、ひとりの日本人として彼らの中に入っていくことはしたいんだよ。軍に協力するつもりはないし、第一、そういう要請も来ていない」

「確かにそうですね。医学生としては何とか現地に行き、苦しんでいる中国の人たちの役に立ちたい。それだけです。しかし、京大ＹＭＣＡとして自前で派遣できない以上、今回の医療班以外に手段がない。それなら、これに乗るしかない、そう思います」

「その先輩医師は、そうは考えないということだね」

「ＹＭＣＡから何か情報を得ているのかもしれませんね。彼はたぶん、参加しないでしょう。最近は僕らの集まりに顔を出さないし、構内で会ってもそっぽを向いていますから」

「成岡医師は間違いなく参加してくれるんだね。じゃあ、メンバーは、京大からは君を含め四人、妹の葉子、綾、百合の看護婦三人、竹財君と私で合計九人か。九人、苦人、いかにも苦労しそうだな。ハ、ハ、ハ」

江河には言わなかったが、ＹＭＣＡと聞いて芝垣にはピンと来るものがあった。先の北平訪問で語り合った誠海学園の美川校長とはその後も手紙のやり取りを続けているが、最近、次のようなことを書いてきたのである。

「中国情勢は緊迫化の一途だが、われわれキリスト教関係者にとっても、これから厳しい試練の時代を迎えることになるのではないかと心配している。日本基督教連盟が強権に屈して軍部ににじり寄っていることは貴兄も知っている通りだが、果たしてこれが世界中のクリスチャンの眼にどのように映っているのか考えてみる必要があるのではないか。

他でもない南京の事件のことだ。日本では南京陥落ということで、これを祝賀する提灯行列まで繰り出し国をあげて大騒ぎのようだが、実は上海から上海派遣軍と第十軍が競うようにして昨年、一九三七年十二月中旬、南京に入場したのだが、逃げ遅れた中国兵や捕虜、市民に紛れ込んでいた便衣隊が次々に殺害された。被害は一般市民にもおよび、婦女子が犯されて殺されている。この虐殺は日本の新聞やラジオでは伏せられ一切伝えられていないが、多くの外国人が目撃しており、そのニュースは世界中に広がっている。

避難民を救済するため南京城内の一部に、アメリカ人宣教師をリーダーとする国際委員会が南京安全区を設定した。その委員のジョージ・アシュモア・フィッチというニューヨークＹＭＣＡ国際委員会書記は、ちょうどその時、中国人の若者を教育するためＹＭＣＡが組織した励志社の顧問として南京に滞在していた。

同じ委員で南京国際赤十字委員のジョン・マギーが虐殺現場を撮影したが、フィッチはその十六ミリフィルムを米国へ持っていくことを思いついた。オーバーの裏地にフィルムのネガを縫い込み、上海に飛んだ。上海に一か月ほど滞在、ここで日本人を含むＹＭＣＡ関係者に会い、情報を伝えたらしい。その後、反日キャンペーンのため全米各地の教会やＹＭＣＡで講演を行い、日本軍の非道を訴えかけた。米国政府にも現状を伝えたに違いない」

芝垣は手紙の内容をじっくり吟味しながら、フィッチの役割について考えてみた。この男は恐らく米政府に近いところにいる。キリスト教的人道主義に立っているのは間違いないが、本音では、軍国主義を憎み、日本をたたきたいと思っているのだろう。

米国が日本軍部といずれ戦わなくてはならない日が来るという前提に立って、その準備のために材料をため込んでいる。この情報を日本のＹＭＣＡが得たとして、どうするだろうか。米国の動きには関わりたくないとして握りつぶすか、日本の軍国主義と戦うため協調するか、それとも独自に動くのか。いずれともわからないが、何らかの形で予定している医療班に絡んでくるのかもしれなかった。不吉な影が前途を覆っているのを芝垣は感じた。

美川は最後に、こう結んでいた。

「南京で実際に何が起きているのか正確なところは正直わからない。しかし、虐殺に近いことが行われたことは確実だ。君も知っている通州事件が攻守、所を変えて起こったのだ。規模は比べ物になららない。憎悪が憎悪を生み怨念がとぐろを巻いて日本と中国を飲み込んでいる。これが戦争だ。戦争なんだ。しかし、戦争の犠牲者はいつも大衆だ。貧しい人たちだ。われわれは彼らを助ける義務がある。近く貴兄が派遣するという医療班にはおおいに期待している」

それにしても戦争というものがここまで人間の獣性を引き出すとは、芝垣は信じられない思いだった。戦争は醜い。憎まねばならない。しかし、ひとりひとりの兵隊は虐殺とも残虐行為とも思っていないのではないか。

慰問使として現地で多くの軍人と接してわかったが、彼らの考えははっきりしていた。日本が中国を支配するのは、腐敗した中国政府と民度の低い中国人を指導するためである。そのことにより、欧米の支配から脱する形でアジアの新たな秩序が可能となる、そう考えているのである。

戦いで敵を殺害、殺戮した兵士は勇者であり英雄である。そう思っているのだ。なんともやりきれない。しかし、自分ひとりの力ではどうしようもない。やはり、現地に行って身を粉にして中国人のために働くしかない。心の中で熱い思いがたぎるのを感じた。

医療班として支援をするのであれば、南京からそれほど遠くない上海あたりがよかろうと考え、美川に相談すると、それならば、と懇意にしている日中教会の牧師を紹介してくれることになった。牧師は飯山といい、現地の事情にも通じているからいろいろ聞いてみればよいという。

飯山牧師とも手紙でのやりとりになったが、思いがけなく同じ山梨の出身ということで、思っていた以上に親切にしてくれた。故郷というのは有難いものである。飯山は親身になってアドバイスしてくれた。

医療班を送るなら上海郊外の太倉《たいそう》というところがいいのではと勧めてくれた。上海から上海派遣軍と第十軍が競うようにして南京に入場したのが十二月十三日なのだが、太倉はこの途中にある街である。

ことしに入って嘉定《かてい》太倉の激戦があり避難民があふれているようだ。南京での日本軍による虐殺の情報にも詳しく、実際に殺害を目撃した中国人の証言も多いという。また、フィッチは上海に滞在した一か月の間に、映像を見せながら欧米各国関係者や教会関係者をこまめに回っており、日本軍の蛮行が世界中に広まるのも時間の問題だろう、特にフィッチが講演中の米国では反日の声が高まるものと飯山は推測していた。

ただ、こういう時だからこそ、日本人の医療班が激戦地に入り、中国人難民を救済する意味は大きい。人道主義に基づいて活動する日本人も存在することを、中国や米国に、そして世界に見せてほしいと飯山は書いて寄こした。芝垣はその言葉に大いに励まされ、素直に、そして前向きに中国大陸の広がりと、そこで戦禍に苦しむ人々を思い浮かべることができた。

しかし、気分の揺れは激しかった。熱い気持ちがあふれればあふれるほど、一方で漠とした不安も広がっていく。いや、不安というより、うしろめたさと言ったほうがいいかもしれない。

中国人難民を支援するというのはひょっとすると傲慢な行為ではないのか。人道的支援とはいえ、冷静に考えれば加害者は日本であり日本軍である。中国内部に根源的な問題が潜んでいるにしても、加害者である日本の国民、日本人が出かけていって中国で活動する意味はどこにあるのだろうか。

国境を越えてといえば聞こえはいいが、本当に国家の枠組みを越えた普遍的な行為と言えるのだろうか。キリスト者の甘え、宗教の押し付けになっていないだろうか。

芝垣はそう自問を繰り返した。頭の中で思考は同じところを何度も行ったり来たりしながら、やがてグルグルと堂々巡りして解を見いだすことができなくなった。ついには、散漫となって意識がぼんやりし、医療班そのものの意味がわからなくなった。

芝垣は考えに考えた挙句、医療班派遣の意味を問うことをやめることにした。そこに苦しむ人がいる。だから、手を差し伸べる。そこに理屈を超えた真実があるのではないかと思った。そして、ようやく目の前にくっきりと道が見えてきた。

第四章　上海から太倉へ

一

大陸へ渡る日がついに到来した。上海へ行くには、朝、列車で京都駅を発つと夜を徹して西へ走り、翌朝長崎駅に着く。ここから船で中国へ向かうことになっていた。

中国難民救済医療班派遣に一か月ほど先立つ一九三八年七月初め、芝垣はひとりで出発した。医療班の活動場所などがまだ具体的に決まっていなかったため、その準備が必要だったからだ。

折りから、あいにくの雨となったが、むしむしする京都駅にはたくさんの見送りの人が顔をそろえた。「武運長久・芝垣三郎君」「祝・中国難民救済医療班派遣」という旗も立っている。京大医学部や同志社の関係者も大勢いる。

癩病仮収容所の林所長が顔を見せ、日本酒の小瓶を差し入れてくれた。芝垣は大きな期待と同時に責任を感じざるをえなかった。綾も百合も大きく手を振っているが、なぜか竹財の姿が見えない。

万歳、万歳、の連呼の中で、妹の葉子が感極まって珍しくハンカチを顔に当て泣いている。この風景に、身内の者が外国へ行くということで興奮したのか、意外なことに昨夜、長兄の優から手紙が届いたのを思い出した。

「三郎、お国のために頑張ってきてほしい。見合いの話があるので、無事、おつとめを果たしたら、なるべく早く山梨へ帰郷して」とあった。今は嫁さんどころではないというのに、兄弟というものはおせっかいなものだと苦笑せざるをえなかった。

その時、人波が揺れた。人をかき分けてひとりの小柄な若者が前に出てきた。大きなマスクをしているが、よく見ると、江河の友人、京大医学生のピアノこと篠原ではないか。

「芝垣さん、どうぞお元気で。いっしょに上海に行くつもりでしたが、悔しいことに病気になってしまいました。情けないです。だいぶん回復しましたので日本にいて寄付集めを手伝うつもりです。薬とお金をいっぱい集めます。中国ではお体に気をつけてしっかり活動されることを祈っております」

「おお、誰かと思えば、ピアノ君じゃないか。わざわざありがとう。君の分も頑張ってくるよ。身体を大切にな」

治りつつあるとはいえ、結核かもしれないと聞いており、無理を押してわざわざ見送りに来て大丈夫なのだろうかと芝垣は心配の方が先に立った。

医療班のメンバーは、芝垣の後を追って自分たちも間もなく出かけるということもあり、いくぶん緊張しているように映った。芝垣は車窓に映る自分の姿が小さく見えるのに驚いた。顔も頬の肉が落ち老人と見違えそうである。

中国に慰問使として派遣された経験から一年、医師と看護婦が必要だと実感して医療班の結成に奔走してきた。その疲れもあるにはあるが、本音でいえば、中国での活動が果たしてちゃんとできるのか、不安が大きかったのである。メンバーの立場も考え方も微妙に違う。うまくまとめていけるのか。また中国人難民が、自分たちを受け入れてくれるかどうかもはっきりしない。そんな心を反映したかのように窓に映った芝垣はしょぼくれ、精気がなかった。

間もなく列車が出るという段になって、芝垣は重大な忘れ物をしていることに気が付いた。いかん、これはまずい。どうしようかと思った瞬間、竹財が猛烈な勢いでホームに駆け込んできた。

芝垣さーん、忘れ物です、と言って大急ぎで駆け寄ると何かを手渡した。聖書だった。

「間に合った。よかった。教会の机の上にありました。とんだ失態ですね。でも、これ内緒にしておいてあげますよ」

「ありがとう。危うく大事なものを忘れるところだった。恩に着るよ」

安堵しながら、芝垣は竹財の手を強く握った。この男にはいつも土壇場で助けてもらうことになるようである。


国際商業都市、上海の街は想像以上に無残な姿をさらしていた。戦乱の跡の片付けが遅々として進まず、昨年の第二次上海事変の爪痕がはっきり残っていた。虹口クリークから東北にかけては一面の焼野原で、魔界・上海の昔日の面影はない。バンドと呼ばれる黄浦江に臨む外灘地区の方には列強の大手企業が競って壮麗なビルを建てているが、その辺りは被害が少ない。人々が行き交い、メインストリートを路面電車が走っている。

外灘に近いガーデン・ブリッジを挟んだ反対側にアスターハウスホテルが威容を誇っており、ここが租界から逃げてきた日本人の宿泊場所となっていた。ホテルの経営を一時的に日本ＹＭＣＡが受託していた。

美川校長から紹介された日中教会の飯山牧師に会った際、飯山自身がこのホテルの臨時マネージャーを務めていると聞き驚いた。手紙のやり取りで親切な人だとはわかっていたが、実際に接してみると、なかなかのやり手であることがわかった。

「いやはや、事変の時は砲弾や銃声の中で、弾が雨あられと落ちてくる、大変な状況だったよ。避難民が発生し、初めは女学校を開放してもらっていたのが、いよいよ千人を超えたので、アスターハウスホテルと交渉して避難所にしてもらったんだ。経営に当たっていた香港上海ホテル・カンパニー側が身の危険を感じて避難したためホテルは閉鎖状態になっていたんだよ。最初はマネージャーなんていう大役が私に務まるのかと自信がなかったんだがね、結構うまくいっている。ひょっとして私も案外商売の才能があるのかもしれんね」

会った途端、飯山の自慢話が始まった。山梨県人は概して協調性がなくチームで働くのは苦手だと言われる。反面、負けず嫌いなところがあるそうだから、責任を負わされると実力以上のものを発揮するのかもしれない。

ましてや飯山は牧師とはいえ、もともとは若いころ兄を頼って米国に移民をし、サンフランシスコで大陸横断鉄道の建設現場で苦力としてツルハシをふるった猛者である。博打や女郎屋通いの経験もあり、謹厳実直な牧師タイプとはわけが違う。戦時下とはいえ、怖い者なしのところがあるのだろう。やることにもそつがない。

「特務部宣撫班がこのホテル内に事務所を置いていてね、お互いに協力し合っているというわけさ。宣撫班の活動は活発で、中国民衆の生活のための物資をどう運ぶか、バス、郵便はどうするかといった交通対策、商業、農業、工業の発展、日本語の教育、宗教、医療のあり方など寸暇を惜しんで働いている。彼らも日本人の組織である日本ＹＭＣＡを信頼してくれているんだ」

宣撫班と聞いて芝垣はことし春ころ北支那派遣軍に採用される宣撫官を新聞で募集していたのを思い出した。占領地行政の一端を担うのが役割で、対象は内地に住む二十歳以下の優秀な民間人だったと記憶している。

芝垣は一時、船会社で働いた経験があるとはいえ、基本的には慈善事業家に過ぎない。苦労人の飯山の話はおもしろい。サンフランシスコの苦力《クーリー》時代の思い出、やくざな毎日にこれではいけないと一念発起、ロサンゼルスで英語を学びクリスチャンになった経緯も興味深かったが、その後、骨董、古美術のビジネスで成功、神学校に通って牧師になったあたりはまるで小説か映画のようだった。その波乱に満ちた人生を送った人が中国に渡り、日中教会の牧師にして日本ＹＭＣＡの幹部としてこうして目の前にいる。何か夢でも見ているかのようだった。

ただ不思議なことがひとつあった。南京事件のことに飯山が一言も触れないことだ。日本軍の非道を全米で訴えたフィッチはＹＭＣＡ関係者であり上海でも暗躍していた。飯山にも会っていた可能性が高い。とすれば、飯山の立場は微妙なものになる。

「最近、日本からのお客さんが多くてな」小学生だという男の子と女の子の子どもの世話をしながら飯山は語り続ける。

「もうひとり、あちらにも女の子がいるだろう。あの子は日本の銀行の上海支店長の娘さんなんだ。日曜学校に来てくれている。いい子でね。頭もいい。いいお嫁さんになるだろう。実は大物作家たちが九月に来るんで、その準備で在留邦人は大忙しなんだ。それで今日、あの子を預かっているというわけだ。

漢口がもうすぐ落ちる。軍としては、作家さんたちにその従軍記を書いてもらおうと期待しているわけだ。来るのは、上海から蘇州へ回る陸軍部隊と一緒に動くのが久米正雄、川口松太郎、尾崎士郎、丹羽文雄、あとは確か、岸田国士、林芙美子だったな。海軍に同行するのは、菊池寛、佐藤春夫、吉川英治、小島政二郎、吉屋信子といったところだ。そうそうたる顔ぶれだろう」

帰国したら、国威発揚のために日本軍の奮闘ぶりを脚色をまじえて書くのだろうと芝垣は苦々しい気持ちになったが黙っていた。

飯山は手紙で打ち合わせた通り、太倉という場所での医療活動を熱心に勧めた。意外に思ったのは、軍の協力が不可欠だとされたことだ。協力と言えば聞こえはいいが、医療活動について軍の許可をもらい、その管轄下で活動するという意味合いに違いない。芝垣は全部自力でやるつもりであったから戸惑いを隠せなかった。

「飯山牧師、軍と協力というのは困ります。仲間の賛成が得られません。何としても自分たちだけで医療支援を現地に届けるつもりです」

飯山の表情が曇った。

「気持ちは理解できないでもないが、はっきり言ってそれは難しいと思う。医療を施すということはいわゆる宣撫工作、つまり、日本軍の占領地において、そこの中国人が敵対行動をとらずに協力的な態度に出るようにするための援助活動の一環という位置づけだからね。軍の活動の一部なんだ。それでないと許可は下りないと考えた方がいい。芝垣さんや医学生、看護婦さんたちの思惑は別にして、軍部があなたたちを受け入れる仕組みとしては、これしかないんだよ。不満かね」

芝垣は、飯山牧師が軍に対し過剰反応気味ではないかと懸念した。

「不満も不満、大不満です。私たちは、軍に協力するために来ているのではありません。日本人として、またキリスト者として、戦禍に苦しむ中国人難民を人道的立場から……」

気色ばんで言い募る芝垣を飯山牧師は厳しく両手で制し、

「そんなことはわかっておる。ただ、軍を離れて独自に動けば中国人に攻撃される危険があるぞ。それでいいのか。通州事件を知っているだろう。いま日本と中国は戦っているんだ。敵と敵じゃよ。あなたたちの気持ちは当然だし尊いとは思うが、ここは、ひとつ我慢することも必要だ。日本軍をいい意味で利用したらいいと思うが、どうかね」


芝垣が緊張した面持ちで軍部受付に顔を出し医療班として太倉で活動したいという願い書を提出した。予想通り、担当官から、軍特務部の指揮下に入り施療宣撫を任務とすることを念押しされた。

芝垣が不服そうな顔をすると、「われわれは、医療班の活動を邪魔することはしない。一方で積極的に応援することもしないというのが基本的な立場だ。詳しくは医療班のメンバーがそろったところで改めて特務部の本部に顔を出し相談してくれ」

どうも飯山の話とは少しニュアンスが異なる。

「邪魔も応援もしないから自由に活動してよいと、そういうことですか」芝垣はあえて聞いてみた。

担当官は「そうは言っておらん。軍の指示には従ってもらう。宣撫の範囲内でしっかり医療をやってもらいたいということだ。やり方は任せる。われわれは忙しい。いちいちお前たちにかまっておれないのだ」と言って立ち上がった。そして「軍として支援できるのはこれくらいだ」と一枚の紙を芝垣に手渡しニヤリとした。

そこには、宿舎、食事のほか、医薬品の一部も軍ができるだけ無料提供すると書かれていた。芝垣は声をあげて、それを読んだ。

各種薬品、医療用アルコール、蒸留水、ガラス器具、包帯、ガーゼ、脱脂綿……。

医療班によってこれほどありがたいものはない。日本軍を利用したらいい、とつぶやいた飯山の言葉を芝垣は思い出していた。

二

上海が猛暑に襲われていた八月初旬、待ちかねた中国人難民救済医療班のメンバーが日本から到着した。港まで芝垣は出迎えたが、思いがけなく、特務部のトラックが迎えに来てくれた。どうやら飯山が気を効かせて依頼したらしい。

まだ若いきりっとした軍人が助手席から降り、代表の芝垣に敬礼をした。

「みなさん、遠路はるばるご苦労さまです。特務部班長の西海治《さいかいおさむ》少尉です。あまり役に立てそうもありませんが、本官が案内役に指名されました。よろしくお願いします」

はきはきして気持ちのいい将校だった。その時は、この少尉にそれから様々な局面でお世話になろうとは、芝垣は予想もしなかった。

外地とあって医療班のメンバーは興奮気味だった。荷台に全員と大量の荷物を積み上げてトラックはゆっくりと走り出した。同乗の西海少尉は荷台で立ち上がり、この通りが皇軍が死守した第一線、この橋はわずか数名の兵で守り抜いたもの、などと指さしながら逐一説明をしてくれる。

「そうですか、それはすごい。たいしたものです。いやあ、陸軍勇士のご苦労と奮闘ぶりがしのばれますね」

竹財はあちこちの街角に立っている日本軍の兵士に敬礼を繰り返しながら、西海の説明に聞き入っている。葉子と綾、百合の看護婦三人も興味津々といった様子で荷台から市内を見下ろしている。

一方、江河を中心に固まっている医学生のノッポとポッチャは焼野原に動揺したのか、不安げにキョロキョロあたりを見回すばかりだ。一人だけ腕組みをして気難しそうな顔をしている人物がいる。そうか、これが医師の成岡かと芝垣は合点がいった。ぼさぼさ髪に無精髭、顔はといえば驚くほど不細工だった。鼻は大きく横に広がり、目は細く、開いているのか、つぶっているのかよくわからない。唇はいわゆるタラコ唇で分厚い。なるほどこれは一筋縄ではいきそうもない個性的な風貌である。

「あら、あれ何かしら。少尉さん、ご存知？」

百合がバラックの粗末な建物を指して聞く。

「ああ、あれですか。ユダヤ人のゲットーですよ」西海が答える。

「ナチスのドイツから迫害を逃れて上海に流れついた連中ですよ。亡国の民で、同情すべき事情があります。去年あたりから数が増え始めましたかな。着の身着のまま、食べるものもなく飢餓状態です。この辺りは国際共同租界やフランス租界と比べ家賃も安いから、元からいるユダヤ人が助けているようです」

「少尉さん、ちょっと、少しだけいいの、車を止めてくださらない。お願い、ストップ。止まって」

普段はおとなしい百合が突然、鋭い声をあげた。芝垣がうなずくと、西海はあわてて運転手にトラックを停止させた。

道路で遊んでいた子どもたちが物珍しそうにぱらぱらと駆け寄ってきた。色が白く、目鼻立ちの整った子が多いが、よく見ると薄汚れたなりをしていてやせている。外国語だから何を言っているかわからないが、恥ずかしそうに微笑んでいる。真っ先に荷台から降りた百合は子どもたちを見つめ、涙ぐんでいる。

「貧しい暮らしのようね。こんなにやせてしまって」

後からトラックを降りた綾が、男の子の頭をなでながら百合にそう話しかけた。

「あっ、危ない」

二人の後ろから派手なブラウス姿で気取って歩き回っていた葉子が悲鳴をあげた。こぶし大の石が道の水たまりに落ちてはねた。

「こら、坊や、危ないじゃないの。あら、服が汚れてしまったわ」葉子がにらみつける。

遠巻きにしていた集団の中の男の子の何人かが一行めがけて石を投げたのだ。その後ろには親たちの姿もあった。皆、肉を削がれたように極端な痩身で、まるで亡霊のようだ。無言で腕組みをして暗い眼をこちらに向けてにらんでいる。綾が、男の子の頭を撫でていた手を引っ込めた。

「こらっ、このガキども、何をするんだ。捕まえて牢屋に入れてやろうか」

西海が腰の銃を抜いてそう叫ぶと、子どもらは日本語の意味はわかるはずもないが蜘蛛の子を散らすように一目散に逃げだした。

「ここは特別な場所なの?」

葉子が西海に尋ねた。

「正式には無国籍難民限定地区といい、ドイツだけでなく、ナチス支配下のオーストリアやチェコスロバキアなんかからも逃げてきているらしい。こうした国々ではユダヤ人の商店破壊や地方政府、大学などからの追放が行われ、暴行、略奪、財産没収など迫害が続いている。ユダヤ人難民だけでなく貧しい中国人の難民もいると聞いている。ポーランドなんかからもこれからどんどん数が増えるだろうね」

生身の難民を目の当たりにして、医療班の面には自分たちの役割を自覚し真剣なまなざしでいつまでもバラックの方を見つめていた。


その夜から上海では中日教会に泊めてもらうことになっていた。飯山牧師の温かい歓迎に一行もほっと一息ついた様子だ。まとわりつく二人の子どもを綾と百合が上手にあやしている。葉子だけはわれ関せずで、サイズが合わないのか、帽子を何度もかぶり直しては首をかしげている。

「何か外国に来たという感じがしないなあ」

竹財の一言に、ええ、ここは長崎県上海町と言われているくらいですから、と飯山が応じると、ええーっという驚きの声があがった。いよいよ中国での難民救済という画期的な事業が始まるのだと思うと、芝垣の胸は期待で高鳴った。それは医療班全員の思いだったに違いない。

夜、ちょっと気になることがあった。米国の教会関係者を名乗るジェームズという背の高い黒服の男が突然、医療班を訪ねてきたのである。

応対したのは成岡と江河ら医学生だった。芝垣にもあいさつはしたが、ほとんど目を合わせようとせず、教会の小部屋でかなり長い時間、ひそひそ話をしていた。内容については報告がないので知る由もないが、江河はこのところ芝垣を避けているようで、芝垣は何か不吉なものを感じた。

翌日早朝、市内の高台にのぼり上海の街を見下ろした。日本人でにぎわっていた虹口周辺の被害がひどく、焼けただれた家々が野ざらしになったままで皆を驚かせた。それに引き換え、外国人居留地であるフランス租界と英国、米国などが共同で管理している国際共同租界はほぼ無事で対照的だった。こちらは、ヨーロッパを彷彿とさせる洋風建築が整然として建ち美しい並木も緑がしたたるようだった。

ところが、ここでひと悶着あった。軍の特務部に行く段になって、成岡らが異議を申し立てたのだ。

「芝垣さん、どうしていちいち軍のご機嫌を取らなくてはならないのかな。俺は不満だな」成岡がドスの効いた声で真っ先にかみついてきた。わざとらしい渋面をつくり髭をしきりに撫でている。目は細くシワのようでほとんど潰れている。一癖も二癖もあるというこの男がいよいよ本領を発揮し始めたようだ。芝垣は緊張した。

「成岡さん、あなたの気持ちはわからないでもないが、このご時世、われわれ医療班の活動に軍との連携は不可欠だ。このことは事前に話してあるはずだ。不満はあるだろうが、了解してくれないか」

と刺激しないように気を使いながら答えた。

しかし、あまり効果はなかったようだ。成岡は顔を紅潮させて反論してきた。ある種の狂気さえその表情には浮かんでいる。くすぶっていた不満が火を噴いたようだった。あるいは昨夜のジェームズとの密談と何か関係があるのだろうか。

「いいですか、芝垣さん、われわれは軍人じゃないんだ。高い医療技術を持つ医師と医学生だ。人道的な立場から中国人を救済するのが使命なんだよ。軍に命令されるいわれはない。自主的にやろうじゃないの。彼らに難民の何がわかるっていうんだ」

横にいた江河が意外にも加勢する。長い付き合いだが、芝垣に逆らうのは珍しいことだった。

「成岡さんの言う通りですよ。芝垣さん、軍の協力が必要だということは理解できますが、特務部の管理下というのは納得できませんね。何とかなりませんか。医療活動に支障をきたすのではないかと危惧します」

芝垣は大柄な体をまっすぐに伸ばして反論した。

「江河君まで今さら何を言い出すんだ。私も軍とは関係なく独自に活動したいと考えていた。飯山牧師をはじめいろんな人にも相談した。しかし、軍を無視して勝手に動くのは無理なんだ。今、日本と中国は戦争中なんだよ。日本軍の管理下で活動しないと、中国側の攻撃を受け医療活動ができなくなる危険性もあるそうだ。わかるだろう。昨年、私は、欧州列強の教会関係者たちが中国で難民支援活動を幅広く展開している現場を見た。列強は中国分割に動いているが、だからと言って、宣教師が軍に協力しているわけではない。独自の方針とやり方で動いているのだ。日本軍もわれわれの邪魔はしないと言明している。だからかなり自由に活動できるんだよ」

江河は事情をわかっている。一応、成岡の顔を立てたのだろう。それ以上は何も言わなかった。ノッポとポッチャも突然始まった論争にとまどい気味だ。そこへ割って入ってきたのは竹財だった。落ち着いて一同を見回すと、

「成岡さん、そんなことで言い争いをしても仕方ないですよ。われわれはアンリ・デュナンなのです。日本軍を越えているんです。人道支援というものを理解すべきではないですか。要は一刻も早く、中国人難民を救済することが大事なんじゃないですか。私はそう思います。医療活動さえ自由にできるなら、その他のことは我慢、我慢ですよ。なあ、江河君」竹財の強引な説得でひとまずみな黙った。

成岡ら京大グループが互いに目配せしながら憮然とした表情で立ち去ると、竹財が芝垣のところへ寄ってきた。いつものおどけた調子は微塵もない。

「昨夜、やって来たジェームズとかいう男ですが、成岡医師らに、南京事件のことも含め日本軍の悪口を散々言い散らかしていましたよ。そして、芝垣さんを警戒しろ、とまで忠告していました。はっきり言って嫌なヤツでしたね」

「その場にいなかったのに、よくわかったな、竹財君。盗聴器でもしかけたのかね」

むろん冗談のつもりだったが、図星だったのか竹財が慌てた。

「まさか、そんなことは……。怪しいと思ったので隣の部屋で聞き耳を立てていただけですよ。奴らは興奮気味に大きな声で話していたので、話の内容は筒抜けでした」

特務部の本部は上海中心部にあり頑丈な石造りの見るからに軍らしい建物の中にあった。入口で守衛の軍人に中国人が誰何されているのに出くわした。軍人は、怪しい奴だ、ウソを言うな、と怒鳴りながら突然、その中国人を殴り倒した。

「やめなさい」と止めようとした芝垣が軍人ににらみつけられた。事情はよくわからないが、中国人に対する日本軍の露骨な横暴さが印象に残った。緊急事態ということなのだろう、二、三人の軍人が芝垣めがけて突進してきた。出迎えに来ていた西海があわてて制止しなければ、どうなっていたか。

何これ、どういうこと、どうしたのかしら、怖いわねえ、と綾と百合がひそひそとささやき合っている。

先日、芝垣が医療班の太倉での活動願い書を提出した時は、相手は担当の軍人ひとりで、場所も別の建物だったが、この日は雰囲気が違った。長い廊下は照明を制限しているせいか薄暗く、まるで地下壕か巨大なトンネルの内部にいるようだった。行き交う軍人も寡黙で目だけが鋭く光っていて無気味だ。

大きな広間には既に数人の軍人が顔をそろえていた。幹部をバックにした恰幅のいい軍人が一歩前に出て、大佐だと名乗った。黒縁の丸眼鏡をかけた大佐は饒舌だった。コツコツと軍靴の音を響かせて部屋を歩き回りながら演説口調で語りかけてきた。

「諸君、お役目、ご苦労。太倉での医療活動を許可しよう。特に支援はできないが、軍との連携の下、しっかり活動することを期待している。そこで、よく肝に銘じてほしいのだが、このあたりの中国中部地方の人間は特に狡猾である。だから十分に注意してもらいたい。わざと自分の子どもの脚の骨を折って入院させ、一家をあげて看病にやって来ては病院の食事にありつこうとするくらいは朝飯前という連中だ。ちょっとやそっと病気やけがの手当てをしてやって喜ばせたくらいでは何の効果もない。いいか、孫の代までしみいるようなしっかりした医療をしてやってくれたまえ」

どこか滑稽な話の内容のせいか、あるいは大佐の風貌のせいなのか、葉子がクスッと思わず笑みをもらし、大佐ににらみつけられた。西海少尉が心配そうな視線を送っている。

辞令が文書で交付され、よく見るとこう書いてあった。

「特務部の事務を嘱託する。ただし無給とする。太倉に古い診療所がある。ここを活動場所の拠点として用意してあるから、附近の宣撫診療に従事すべし」

こうして医療班のメンバーは軍属となり、軍の腕章と徽章を受け取るまで全員、むっつりと押し黙ったままだった。芝垣は、身分がはっきり軍属とされたことにショックを受けていた。軍の協力は受け容れるが、活動には独立性を持たせると自身も考えていたし、医療班のメンバーにもそう説明してきたのだが、これが否定されてしまった形だ。これでは、皆の反発は必至だ。特に成岡や江河らは納得しないに違いない。

その成岡はいかにもいやいやというそぶりで腕章を巻こうとしていたため、幹部のひとりに、貴様、何をもたもたしている、しっかりせんかと叱責された。西海少尉がすぐさま駆けつけ巻くのを手伝って事なきをえた。

「葉子さん、何を笑ったの」

建物を出る時、百合にさっき笑った理由を尋ねられた葉子は、

「いえね、実は、大佐のちょび髭をみていたら、なぜか横山エンタツを思い出しちゃったのよ。そしたら……」

「確かに似ているわね。いえ、そっくり。ウ、フ、フ」

案に相違して、その夜は平穏に過ぎた。成岡と江河ら京大グループは部屋の隅でなにやらこそこそ話し合っていたが、ここまではっきり軍属と言われてしまったことで、芝垣と議論する必要がなくなってしまったようである。後は、軍が用意した診療所で宣撫としての医療活動を行うか、あるいはこれを拒否するか、二つに一つの選択を迫られることになったわけである。簡単に結論が出せないのは当然だった。このままおめおめと日本へ帰るということもできなかった。いつ爆発するかもしれない爆弾を内部に抱えながら医療班は前に進むしかなかった。

三

「うわあ、これはひどい。何もかもが破壊されちまった。廃墟のようだ」

思わず竹財が素っ頓狂な声を発した。上海から太倉へは、無錫《むしやく》との間を結ぶ錫滬公路《しやくこうこうろ》を行くことになる。南京への道であり、一月に日本の上海派遣軍と中国軍が烈しい戦闘を繰り広げた嘉定太倉の激戦が終わったばかりとあって、その痕跡が生々しく残っていた。砲弾で道路のあちこちに大きな穴があいているのはまだしも、脇の建物や塀が砲弾でほとんど崩れてしまっている。耕作されず放置されたままの田畑は夏草に覆われて、醜い姿をさらしている。

西海少尉が乗用車とトラックを連ねて宿舎へやって来たのはその日の朝早くであった。トラックの荷台には薬の箱、医療用アルコールや蒸留水のほか、ガラス器具、包帯、ガーゼ、脱脂綿など医療物資が無造作に積み込まれていた。

驚いたことに西海は、

「本官はみなさんを太倉まで案内した後、あちらに滞在してお世話をすることになりました。至らぬ点もあるとは思いますが、宜しくお願いします」と挨拶した。

積極的には応援しないと言われていただけに芝垣たちはいぶかったが、黙っていた。軍部が医療活動について、当初の想定より利用価値があると重視し始めたのか、あるいは、単に監視の目を厳しくしようとしているのか、判然としなかった。

男らしく親切な西海はとりわけ女性たちに評判がよく、「少尉さま、よろしくね」と百合や葉子、綾は大喜びである。

成岡ら京大グループの出方が心配されたが、出発ギリギリになってようやく姿を見せた。不満はあっても行くしかないと判断したようである。

太倉への車の旅は、西海と芝垣、竹財が一台目、看護婦三人が二台目、成岡、江河、ノッポ、ポッチャの京大グループが三台目に分乗することになった。

「あれ見てごらん。目をこらすとあちこちにトーチカの跡があるね」芝垣は遠くを見やった。竹財もうなずきながら目を細めている。西海は、こんな風景が珍しくないのか、あるいは、もの思いに沈んでいるのか、口を真一文字に結び腕組みをしたままである。

しばらく行くとクリークが広がる水郷風景が現れた。車が止まり、後続車もそれにならった。一行は身体を伸ばそうと車を降りることにした。

「ほら、あそこ、白帆を立てた船が見えますね。今はのどかに水をたたえているけれど、クリークに中国兵が潜んでいて攻撃をしかけてくるものだから、ずいぶん悩まされたものですよ」

西海少尉がそう解説してくれる。

「今日は車で太倉まではおよそ三時間かかりますが、わが軍はこの道を進むのに三か月かかったんですよ。一寸の地を一人の血をもって贖ったといわれているのです」

西海が思いを巡らせていたのは中国兵の奇襲に多くの犠牲者を出しながら激戦の中で一歩一歩進んでいった日本軍の頑張りだった。

医療班のメンバーも、なんとなく遠い存在だった戦争というものが急に切迫感をもって感じられた。看護婦たちの表情も硬くなっている。人はこうして殺し合ってきたんだ、と芝垣は思った。人間の歴史は戦争の歴史でもある。そのなかにあってキリスト教も多くの戦いに巻き込まれてきた。いや、むしろ、その先頭に立ったことさえあった。宗教とはいったい何なのだろうか。

同じようなことを考えていたのだろう。竹財が「芝垣さん、キリスト教って本当に愛と平和の宗教なんでしょうか」と唐突に話しかけてきた。「僕はクリスチャンですが、ずっと疑問に思っていることがあるんです。キリスト教、いや宗教というものはもともと戦闘的なものではないのかということです」。

「確かにそうだね。歴史をたどれば、例えば、南米大陸を発見したスペイン人のコンキスタドールという征服者の先兵となったのはカトリックの神父だしね。チリやアルゼンチンで先住民を皆殺しにしてしまったのも白人ではないと理由から。カトリックの罪は重いね」

横から成岡が「新約聖書に出てくる信仰深い百人隊長じゃありませんが、イエスは軍人を愛し、軍人はイエスを愛したといわれていますからね」と思わせぶりに口を挟んだ。

「それでいて愛だ、平和だ、などと言うのはほとんど詐欺みたいなものじゃないですか」

竹財が詰め寄る。芝垣も難しい顔になった。

「うん、しかし、一方で、人間の魂を救えるのは宗教しかないのではないかな。キリスト教は愛と平和でそれを実践している。そうじゃないのか」


車に戻り、太倉へ向かって再び走り出した。予定された三時間が過ぎた。最後にちょっとした山があった。日光のいろは坂に似た急な坂を上り、その後一気に下ったころ車はようやく太倉県城西門外に到着した。悪路だったため、皆、車を降りた後、腰をさすったり伸びをしたりしている。

西海少尉の説明では、太倉の城壁は春秋時代に完成したもので、街はかなり古い歴史を持っているという。古文書を収めた立派な図書館も存在するらしい。

しかし、産業らしい産業はほとんどなく、職業といっても役人と学校の先生を除けば、あとは農民と商人ということになる。本来の人口は五万人だが、戦闘で他所へ避難した者も多く、現時点では一万人を切っている。特に富裕層はいち早く上海に逃げたままで、このところ太倉への帰還民が増えつつあるといっても、そのほとんどが下層階級である。

城内は道が狭くトラックが通れないので、この城西門で荷物を下し黄包子という人力車で城内へ運ぶのだという。

すぐに迎えが来るというので、強い日差しを浴びながら待つことになった。門の近くには闇市のような物々交換の市場ができており、食器や日用品など雑多なものが並んでいる。

自転車にくっつけたリヤカーに大鍋が乗っており、何かを焼くいい匂いがする。

食べ物が腐っているのか、あるいはゴミでもたまっているのか、異様な臭気が漂っている。タバコや酒も需要があるらしく、それを手に持って売ろうと交渉している子どももいる。日中だというのに厚化粧した女が、ぶらついている男たちの袖を引っ張る姿もあり妖しい雰囲気を醸しだしている。

元兵士なのだろうか、時々、肩や足に大きな傷を負った人や手足を失った人も通る。誰もこちらを見ようとしないが、それは関心がないのではなく、あえて無視しようとしているのが気配でわかる。時々、じっと無言でにらんでいる目に出合うと背筋が凍りそうになるくらい無気味だった。

「ノーモア南京」と書かれた英語のビラが壁に貼られ、はがれかかっている。

どこからともなく、虐殺者、日本鬼子という言葉がボソッと投げつけられる。声のした方に目を向けても、誰もがそっぽを向いて知らん顔をしている。

誰が発した声なのかわからないが、中国人の日本人に対する怨念、怨嗟は間違いなく存在する。表立ってはっきりとは見えないが心の底に潜んでいるのである。

そのうちに、物珍しさもあるのか、どこからともなく子どもたちが集まってきた。初めは数えるほどだったのに、あっと言う間に人垣ができた。皆、ボロボロの服に身を包み裸足である。薄汚れた顔で無表情なまま黙ってじっと日本人の一行を見ている。一度見たら忘れられないまなざしである。

芝垣は京都洛南の子どもたちを思い出していた。日本の子どもたちも貧しいのは同じだ。しかし、目が輝き、笑顔が絶えない。教会で学ぶ機会を得ている。家庭が貧しくても、親たちはそれを克服しようと必死に働いている。その汗の向こうに自分の家族の未来に向けての夢を描くことができている。

しかし、この地の子どもたちの貧しさは質が違う。寄って立つ社会そのものが無残に打ち砕かれ親や兄弟と死に別れている。着るものや食べるものが足りないだけではない。心を満たすべき愛情や善意、思いやりといった人の持つよきものをすべて失っている。

目は力を失って口はだらしなく開き、これからの人生の行く末を予想することさえ困難なのだ。原因は明らかだ。戦争だ。しかも、それは日本との戦いなのだ。この子たちに本当に申し訳ないという苦い気持ちが胸に湧いてきた。それほど、子どもたちの沈黙は重かった。

全員が何か気圧される中で、葉子が突然、誰ともなしに語りかけた。

「ねえ、ちょっと、子どもたちと中国語で話してみようか」

「私たちが日本で少し習ったのは北京語よ。ここで通じるかしら」

綾が心配そうな顔で応じた。医学生たちはといえば、自ら話すだけの勇気はないものの、成り行きを興味津々といった面持ちで眺めている。

「ねえねえ、貴姓（あなたのお名前は）？」葉子は一歩前に出ると持ち前の度胸の良さで子どもたちに向かって構わず話しかける。子どもたちは陽気そうなお姉さんの登場にキョトンとしている。

「全然通じてないわ。葉子さん、あなたの語学力ではだめそうね。お気の毒だけど」綾の言葉に葉子は顔をしかめた。

百合が「北京語ではちょっと上品すぎるかもしれないわ。ここは上海に近いんだから」と言って紙と鉛筆を取り出し筆談を始めた。葉子と同じ質問を紙に書きつけ、子どもたちに見せる。百合の美しさに気おされながら、一番前にいた大柄な男の子が胸を張り大きな声で、

「ヤン・ボウェン」と答えながら、「楊博文」と書きつけた。

「まあ、素敵な名前ね」百合は言いながら、再び紙に「どこから来たの？」と鉛筆を走らせた。

「南京」

今度はすぐに返事が返ってきた。通じた、通じた、と綾と葉子も喜んでいる。子どもたちは何が起こったのかと怪訝そうだ。

「博文ちゃん、それでは聞くが、君の齢はいったい幾つかな」今度は竹財がおどけて話しかけた。

「十二歳」

人垣がどよめく。子どもたちもうれしそうにニコニコし始めた。

「お父さんはいるの」次は江河だ。

「いるよ」

「お母さんは？」ノッポだ。

「ひとり」ドッと笑い声が起こった。一気に空気がなごんだ。

博文は日本人と話すことができたせいで興奮している。そのうちに皆が、あちこちの子どもにどん

どん話しかけ、にぎやかになった。初めて話した中国語がそれなりに通じたことで、皆ほっとした。今後の活動を考えると言葉の問題は深刻だった。話がまったく通じないとなると治療にも支障をきたしかねない。片言でも通じるとなれば有難かった。

遠巻きに見ていた芝垣も、不潔で衛生状態が悪いため、頭に吹き出物をいっぱい作った垢だらけの子どもたちに感謝した。そして、この人懐っこい博文という少年は、その後、医療班の若者たちと仲良くなり、いろんなことをアドバイスしてくれる貴重な存在となるのである。

この戦闘の合間の、日本からの珍客と中国人の子どもたちのなごやかな交流は周りの人たちの心を温かくしたが、これを遠くから冷ややかに見つめる一人の男がいることには誰も気づかなかった。背が高く、明らかに西洋人の風貌をしたこの男は、黒っぽい服装をし帽子を目深にかぶっていた。周囲に気づかれないように写真を撮影したり、時にメモを取ったりしていた。よく見ればずいぶん奇妙な動きをしていたのである。

迎えの人の案内で城内に一歩足を踏み入れた芝垣は愕然とした。城内は平穏だろうと何となく思い込んでいたがとんでもない間違いで、ここにも軍事的衝突は甚大な被害をもたらしていたのである。被弾し、壊れ、朽ちた家並みがどこまでも続いている。まるで台風に襲われた直後のようだ。

ただでさえ狭い道路が破壊された家々のガレキで埋まっており、その障害物をよけながら進むのも困難を極めた。取り残されたバラックから短い竿が出ており、破れたシャツが干してある。日中間の激戦の影響に加え、味方のはずの中国軍の略奪の嵐にも見舞われたのだという。他に避難していた住民もいくらか戻りつつあるが、彼らには居場所がなかった。そのため急きょ、四百人ほどを収容できる難民収容所ができ、宿と食事が提供されていた。

　この施設を管理しているのは中華民国維新政府だ。半年前の一九三八年三月に日本での生活経験がある梁鴻志を首班に南京に樹立された新政府で、もちろん、日本軍の特務部が、具体的にはここでは特務部太倉班が政府としての政策を指示している。

　街中に中華民国の旧国旗である五色旗に「和平建国」の文字が入った国旗が掲揚してあるが、これが維新政府の旗なのだ。

「皆さん、ご覧の通り、まだ混乱が続いています。残念ながら、このあたりの治安も回復しておりません。戦線が奥地に入った影響でここの守備隊の数が減っている影響もあります」

　西海少尉がすまなさそうに、そう説明する。

「おかげで匪賊が跋扈していて、城門の近くまで迫ることも頻繁にあるのですよ。あの連中、やりたい放題で実に危険です。注意してください。匪賊と言っても兵舎を持ち、武器庫、兵隊養成の学校まであるので能力も馬鹿にできません。それが道路の橋を破壊したり、夜陰に乗じて四通八達したクリークを使ってあちこち自由に動き回ったりするのだからたまったものではありません。何しろ最大の用心が必要です。芝垣さんも、皆さんも、必ず銃と弾丸を枕元に置いて寝てください。万が一の時の用意に」

　少し見通しのいい場所に出た。広々とした畑が広がり、緑の美しい木立に沿ってクリークが流れている。

「あら、見て、見て。きれいな散歩道までついているわ。おしゃれね」はしゃぐ葉子に、綾も百合も
「本当ね、素敵だわ」

「つかの間、戦争を忘れるわ」と声を弾ませた。

「西海さん、この建物は何ですか」竹財が目の前に現れた新しい瀟洒な家を指さす。白壁の上に瓦が乗っており、その屋根の両端が天守閣の様に跳ね上がっている。看板に日本語で「太倉憩いの家」と黒々とした達筆でしたためてある。

「御存じの方もいるでしょう。ＹＭＣＡの憩いの家ですよ」

「これが例の憩いの家か」

芝垣は上海で飯山牧師から、この施設を訪問するよう勧められていた。憩いの家は、上海ＹＭＣＡが慰問事業のひとつとして開設したもので、天津や上海にもある。日本の軍人を対象に、お茶やお汁粉の接待、新聞閲覧、風呂、理髪などのサービスがある。温かい対応に感激して心づけを置いていく人もいるほどだ。この憩いの家には日本からの慰問品も届けられ、一日にかなりの数の訪問者があるのだという。

扉を開けて中に入ると意外なことに若い日本人の男が出てきた。日本での平穏な生活を捨て、中国の農業に人生をかけようと一念発起して夫婦で大陸へやって来たのだという。農業の傍ら、憩いの家の管理の責任者も任されているということだ。

男は小声でなまりの強い言葉をしゃべるので聞き取りにくかったが、精気に満ちており、管理人の仕事にやりがいを感じている様子がうかがえた。

「ここを利用する日本の兵隊さんは今、守備隊の特務部の人くらいがな。前線さ出払ってて軍人はここにいねから。いるのは慰安所のお女郎さんくらいだがね」

女郎がこんなところまで来ているのだ。上海では、有名な「海乃家」という従軍慰安所があると飯山牧師から聞いた。そこは海軍特別陸戦隊指定の慰安所で、四十五人もの女たちがいた。娘を担保に親が借金する形で来ているので、慰安所での取り分は本人が四割、経営者が六割で、借金を返済し終わったら半々で分ける仕組みだという。

遊郭のように無理に着物を買わされるようなこともないので、女たちは比較的お金に余裕があるのだそうだ。日本人と現地採用の中国人が大半で、一部、朝鮮の女もいたようだ。親から売られたようなもので、こんなところまで来て可哀そうにという思いもあるが、飯山に言わせれば、女郎が兵隊の性欲の防波堤になってくれているおかげで一般の中国人の娘たちが犯されるような事態が抑制されているということになる。

一行が歩く道路の両側は好奇のまなざしに満ちた中国人であふれ返っていた。軍人ではない日本人、特に若い女性を見るのは初めてなのだろう、どの顔も興味津々といった感じで隣同士で何事かささやき合っている。

後ろからは子どもたちがはしゃぎながらついてくる。ただ、壁のように並んだ中国人は、数が多いだけにどことなく無気味だが、そうかと言ってさほど敵意は感じられない。

「日本姑娘好來西」（日本の女は別嬪じゃ）という声も聞こえる。こういう言葉に女性は敏感で、なんとなく意味を理解した菓子などはうれしそうににこにこしている。歩き方までどことなく気取っているように見える。

「みなさん、やっと着きましたよ。さあ、ここです。ここが指定された診療所です。ここが拠点として使っていただく建物になります」

歩き疲れたと一行が感じ始めたころ、西海少尉がそう言って大きな建物の前で足を止めた。これか、これが活動の舞台となる現場か。全員が緊張した面持ちで建物を見上げた。かなり年季の入った病院で、茶色の外壁があちこちが傷んでいるのがわかる。

ギーッ。壊れそうな正面の扉を慎重に開けて入ると、二人の男が待っていた。丁寧に頭を下げてにこやかに迎えてくれた。一人は高齢で、東大に留学したこともある趙子墨《チャオズーモー》医師である。さすがに緊張でいくらか顔がこわばっている。

「みなさま、初めまして。こんにちわ。日本からはるばると中国の田舎のこんなあばら家へ、ようこそいらっしゃいました」

とやや危なっかしい日本語で挨拶した。

隣のスラリとした少年は趙の息子の宇航《ユーハアン》と名乗った。宇宙旅行という壮大な名前である。十六歳だが、いかにも優等生という印象だ。英語ができるというから通訳代わりになってくれそうだ。

ここは名前を太倉無料医療所といい、今も医者の趙が苦労しながらなんとか診療を続けている。もっとも医療所といっても名ばかりで電気さえ来ていない。修理を依頼しているものの現状はランプである。医療器具についても消毒液ひとつあるわけではなく、メスもピンセットもない。あるのは膏薬と胃腸薬、熱さましくらいだ。

ただ、かつては立派な病院だったらしく、建物の天井は高く部屋は広々としていた。きれいに掃除をして器具を運び込めば、それなりにちゃんとした診療所になるのは間違いなかった。

「芝垣さん、私もクリスチャンです。医療班を送っていただき心より感謝します。病人とけが人があふれて私ひとりではどうしようもないところでした。日本の医療でわれわれ中国人を助けてください」趙が近づくと、芝垣が大きな両手をさしだしてその手を握った。

「もちろん喜んで奉仕します。そのために来たのですから」

京大グループの面々も看護婦たちも力強くうなずいている。来てよかった、自分たちを必要としてくれている、全力を尽くさなくては、誰の目もそう言っている。

「医者もいる、診療所もある。そんな太倉という場所を日本の軍部に紹介されて行っても、われわれが本当に役に立てるのかと思わないでもなかったんだがね、来てみてよくわかったよ。われわれの知識と技術で十分貢献できそうだとね。心配ない。われわれはできるだけのことはするから、趙さんも是非、一緒にやりましょう」髭面の成岡も珍しく興奮していた。

「僕からお願いがあります」と突然、宇航が声を発した。「日本の医療技術はすばらしい。だから僕は将来日本へ行きたいです。どうしたら京都大学医学部へ留学できるのか、学生さん、どうか教えてください」

若者の思いがけない問いかけに、江河も苦笑いである。

「成岡さんは立派なお医者さんですが、私とノッポ、ポッチャの三人は医学生なのでまだまだ未熟です。だから、あまり期待しないでください。意欲はありますが、能力的には、正直、半人前です。留学についての宇航君の質問は難しいなあ。困った。成岡さん、いかがですか」

江河に振られた質問に成岡は「ああ、留学するなら世話してもいいが、難しいぞ。お前の学力で大丈夫か。まあ、俺はこう見えても京大の病理学教室のエースだから、何とかしてやれなくもないがな、ハ、ハ、ハ」

自信過剰の成岡の態度に、どう反応していいのか宇航は戸惑いながらも、一応、うれしそうにうなずいた。何やら騒がしいと思って、窓の外に目をやると、草ぼうぼうの庭にまで押しかけて走り回っている子どもたちの姿が見えた。誰かがホースで水を撒いている。飛び散った水滴が太陽の光を浴びて真珠のようにきらきら光っている。あっ、虹が揺れている。まるで医療班のこれからを祝福しているかのような七色のワルツだ。

「なんかお祭りみたいね。楽しいわ。あらっ」葉子が声をあげた。「ほら、あの木に登って高いところからこっちを見ている男の子、あれ、さっきの楊博文じゃない？」

大柄な博文がこちらに顔を向けて笑いながら手を振っている。

「ええ、博文です、ご存じでしたか。あいつ、なかなか、いいやつなんですよ。呼んでみましょう」

宇航が大きく窓を開けながら、手招きをした。

第五章　無料診療所

一

「難民救済無料診療所」という大きな看板を玄関に掲げた。電気が届かないという悲惨な状況が続くなか、無料ということもあって診療所は新規開所当日からてんてこ舞いの忙しさだった。医療班の代表である芝垣と、医者でも看護婦でもない竹財は事務方を担当することになった。当然ながら芝垣が事務長である。

午前九時からのオープンだというのに未明から患者の列ができた、と言いたいところだが、実際には中国人は並ぶということができない。並ぶという概念がこの国にはないとしか思えない。人がいたらその前に行く。最悪でも横に着く。間違っても後ろに回ることはない。それが中国人である。

駄目だよ。ちゃんと並んで。並ぶというのは前の人の後ろに着くの。そうお尻の後ろ。はい、次の人はその後ろだよ。竹財が何度も教えてようやく列になったのである。

どこが悪いのかといった風の健康そうな人も並んでいたが、大半は戦争を逃れて難民収容所にいる避難民で、立っているのもつらそうな重病人も多かった。

綾の指示で葉子と百合が椅子を出したりゴザを敷いたりしたが、とても数が足りそうになかった。もうすぐ窓口が開くというころには、列は百人を超えた。ちょうどその時だった。体の大きな子どもがリヤカーを引いて駆け込んできた。

「日本姑娘、大変だ。おばあちゃんが死にそうなんだ。なんとかして。お願いだから助けておくれよ」

玄関のドアをガンガンたたきながら大声で訴えている。見れば博文ではないか。祖母はリヤカーで毛布にくるまって横になりグッタリしている。熱もある。すぐに救急患者として内科に回された。気づいた百合が飛んできて博文を抱き寄せ、涙をふいてやった。

「まあ、可哀そうに。お医者さまが、すぐ見てくれますからね。おばあちゃん、大丈夫よ。さあ、博文、もう泣かないで、元気を出すのよ」

博文はいつもの茶目っ気ぶりとは打って変わり、青い顔をして、祖母のことが心配そうだ。しばらくして、博文の祖母はコレラと診断され、隔離と診療所内の消毒でおおわらわとなった。

謝謝，謝謝と博文は頭を下げながら何度もお礼を言ったが、この診療所の患者第一号がコレラだったことは、その後の活動の困難さを予感させるのに十分だった。また、医療班は、中国人難民に医療を施すだけでなく、自分たちを感染から守るという視点が不可欠であることも自覚せざるをえなかった。

患者は平均して一日に七十人の外来のほか、コレラの予防注射に百五十人が押し掛けた。入院患者が常時、四―五人いるうえ、往診もあるのだから、忙しさも尋常ではない。

多くは太倉県内の難民だったが、十キロ以上離れた遠くからやって来る患者もあった。人の出入りが飛躍的に増えたため、通りには食べ物の露店や人力車が並ぶようになったほどだ。

内科、外科・皮膚科、眼科、婦人科と四つの診療室を設けたが、一番患者が多かったのは外科だった。医師免許を持っている正式な医者は成岡ひとりで、医学生は補助的な仕事でサポートをした。戦闘に巻きこまれてのケガも多く、それを放置していたため、傷口が化膿し、そこにウジがびっしりたかっているような患者もいた。

葉子や百合が尻込みするなか、さすがに本職の看護婦である綾は何でもないことのようにピンセットでウジを一匹ずつ丁寧につまんで取り除き涼しい顔をしていた。

「芝垣さん、ウジ取り手伝ってください」綾が声をかけるが、

「いや、これは私のできる仕事の範囲を超えているようだ。医学的な知識も不足しておる。どれ、予防注射の方の補助でもしようかな」と逃げ腰である。

診療室に寝台がなかった。あちこち探してみると、以前、県立病院だったところで手術台が見つかった。これで代用できないかと、診療所に運び込んでみると、これが大きさといい広さといいピッタリだった。裏庭には料理用の大釜を改造した煮沸消毒器もできた。機械いじりが好きなポッチとノッポが工具を片手に大奮闘してくれたおかげだ。

やはり、日本人の病院ということで中国人難民は当初、診てもらうのにかなりの抵抗感があったのだろう、患者だというのに、医師や看護婦にろくに挨拶もしない。それどころか目を合わすことすらしない。われわれの医療を本当に歓迎しているのかな、とさすがに強気の成岡などもぼやく始末だった。

ただ、苦しんでいた病気が治るのだから、これ以上の説明はいらない。日本の医療に対する患者の信頼は徐々に高まっていった。現金なもので、十日もすると患者たちはニコニコと笑顔で話しかけてくるようになった。

言葉の問題はあったが、つたない中国語でも意思疎通ができるようになった。挨拶も丁寧になり、

中には医療班に尊敬の念を表す患者まで出てきた。そんな様子を見て芝垣は、大陸へ来て本当によかったと思った。去年の従軍慰問使以来の苦労を思い、感慨深いものがあった。

「患者の態度が良くなって、診療もずいぶん楽になったな」と成岡が言えば、

江河が「きょう、患者のおじさんが娘を連れてきて、この子を看護婦見習いとしてここで働かせてくれと頼まれてしまいましたよ。どうしますかね」とうれしい悲鳴をあげている。

子どもたちは病気でもないのに、遊びたくてよく診療所にやって来た。やさしくてきれいな百合にまとわりつく子が多かった。

「皆、かわいいですよ。日本の兵隊さんに教わったらしく、私に愛國行進曲や露営の夢なんかを日本語で上手に歌ってくれるんですよ。驚いてしまいました」

「百合さん、僕は中国人の女の子から上海便りという日本の歌を教えてもらいました。何かおかしいですよね。逆ですよ。今練習中です。下手ですけど」ノッポがおどけた。

ポッチも中国人の女の子と仲良しらしく、「朝、病院に来る途中でいつも待ち伏せしている子がいてね。オハヨーゴゼーマスって挨拶してくるんだよ。この子は夕方帰る時も待っていて、やっぱり、オハヨーゴゼーマスと頭を下げるんですよ」

「かわいいわね、日本の子どもといっしょ」綾が目を細める。

こうして少しずつ診療活動が軌道に乗る一方で様々は問題も発生した。当初から懸念された芝垣と京大グループの亀裂が徐々に表面化してきたのである。きっかけは朝の礼拝問題だった。

二

　ある朝、芝垣が事務長室でのんびり新聞を読んでいると、成岡と江河が血相を変えて駆け込んできた。医療班の宿舎は特務部太倉班の宿舎の一部を借りている。そこの食堂で朝の礼拝をしていたところ、西海少尉から、皆の前で宗教的な行事は止めてくれと諫められたというのだ。

「私たちはクリスチャンだよ、芝垣さん。朝のお祈りをするのは当たり前じゃないの。それを邪魔者扱いするなんて軍は何を考えているんですか」成岡の唇は真っ青だ。

　江河もいきり立っている。

「私たちが中国まで来て、診療をしているのはキリスト教精神があるからこそですよ。そんなことはわかっているでしょう。本来なら宿舎の一室を教会の礼拝所用に用意してもらいたいくらいですよ。そうは言っても宿舎は狭いだろうからと、早朝の食堂をちょっと借りただけなのに、それくらいであれこれ言われるのは本当に心外です」

　芝垣も信者なだけに、祈祷の重要性は理解している。ただ、戦場は特殊な場所だ。自分の部屋で聖書を開き、ひとりで祈ることにしていた。皆に呼びかけて集まるようなことはしていなかったが、それで十分だと考えていた。

　それだけに、京大グループが集まって祈っていたことは知らなかったので、むしろ、そのことに驚いた。成岡や江河は特務部に対する憤りの前に、芝垣が率先して祈祷会を設けなかったことに、不満を持っていたのだろうと推測した。

「こうなったら、宿舎のどこかに礼拝堂をつくってもらうしかないね。この要求が通らないなら、われわれは帰国してもいいのだよ、芝垣さん。あなた、代表なんだから何とかすべきではないの」

正式な医師免許を持っているのは成岡ひとりである。医学生はあくまで助手に過ぎない。それだけに成岡は自信を持っていた。だから彼は意地になっていた。醜い顔がさらに歪み、赤黒く沸騰していた。芝垣は、君たちの言いたいことはわかった、西海少尉に話してみようと答えるしかなかった。


芝垣は板挟みの立場だったが、それは西海も同じだった。

「いや、参りましたね。成岡さんや江河さんはじめ看護婦のみなさんの献身ぶりには本当に感心しています。でもね、軍としては特定の宗教行為を公的な場でやられるのはまずいのです。これは芝垣さんにも理解してもらわないと困ります。日本は仏教徒が多いので、正直、キリスト教に偏見を持つ兵隊も少なからずいます。時代も時代ですし、このまま放置すると、兵の士気に関わるし、脅すわけではないですが重大な事故につながりかねません。上層部もかなり神経質になっているんです」

そう説明する西海の表情はこれまでになく厳しいものだった。芝垣もやり切れない思いだった。

「特務部のみなさんの苦々しい顔が目に浮かぶようですよ。おっしゃることはよくわかります。キリスト教はなじみの薄い人たちには異教そのものですから、違和感はあるでしょうね。実は、食堂でお祈りをしていたことは私も知りませんでした」

「えっ、代表のあなたに相談もなく勝手に祈祷の会を開いていたということですか。けしからん話ですね」

「はあ、お恥ずかし話ですが、そういうことです。いや、彼らに悪気はないのです。自由にやりたいだけなのです。お医者さんは、中国難民の支援に貢献しているという自負もあるし、簡単には言うことを聞いてくれませんな」

「こう言ってはなんですが、成岡医師なんかはいかにも一筋縄ではいかない面構えですものね。あの顔はわが軍に欲しいくらいです。強面で部下に脅しがききそうですから。いやいや、これは半分冗談です。それにしても、難しい事態ですね。彼らは若いから、よく言えば純粋、悪く言えば、独りよがりですね。いいことをしているのはわかるけど、少し周囲にも気を使わないと」

「とはいえ、西海さん、クリスチャンにとってお祈りは大事です。食堂がだめとなると、どうしますかな。礼拝所用にどこか空いている部屋はないですか」

「それは論外です。空いているどころか、二人部屋に兵隊三、四人を無理矢理詰め込んでいるような状態ですから」

「庭でというわけにもいかんしねえ」

「芝垣さんはどうされているんですか」

「お祈りはどこでもできます。私は自分の部屋で祈っています。竹財や妹の葉子も同じようにしているはずですよ」

「なるほど、それはいい。みなさん、自室でひとりひとり独自にお祈りしてもらうという手もあるわけですね。その方式でお願いできませんか」

芝垣の報告を聞いて、成岡は怒り狂った。

「軍の言いなりなんですね。芝垣さん、あなたも信者なんだから、お祈りの大切さはわかっているでしょう。日本の教会関係者の中には、あなたは完全に軍の協力者だと批判する人もいるそうじゃないですか」

今にもつかみかからんばかりの勢いだ。大柄な芝垣が背中を丸め小さくなっている。江河が、まあまあ、これから診療が始まることだしと止めに入った。

ちょうどその時、竹財が通りかかった。しばらく様子をうかがっていたが、すたすたと近寄ると成岡を指でトントンと刺して、挑発するかのように、

「はいはい、朝っぱらから一体何の騒ぎですか。大声を出して大人げない。成岡さん、いい加減にしたらどうですか。見苦しいんですよ。芝垣さんだって特務部を説得しようと頑張ってくれているんです。お医者さんのあなたが中国人のために大きな貢献をしていることは認めます。しかし、医療班は特務部指揮下の軍属なのですよ。忘れたのですか。なんでも自分の自由にできるわけではないんです」

「そんなことはわかっている。だけどな、俺はクリスチャンなんだ。あんただって信者だろう。診療がこれだけ多くの人に受け入れられているのだから、信仰に関して配慮してくれてもいいじゃないか。われわれ医者がいなけりゃ、診療所は成り立たないんだよ、なあ、江河」

「ええ、成岡さんの言う通りですよ。キリスト教精神に基づいて中国大陸までやって来たんです。軍は無理解がすぎます。芝垣さん、もう一度、特務部に掛け合ってくださいよ」

日本では、キリスト教界全体が軍部迎合に動いている。ＹＭＣＡだって国体尊重、皇国忠誠だから、成岡の反軍国主義も国内では大っぴらにできない時代になっている。だからこそ、大陸での活動に活路を見いだしたわけだが、ここでも軍の影響から逃れることができず、いらだっていた。江河らもそこまで深く考えてはいなかったが、純粋に人類愛の立場で活動したかったのだ。

「やめてくれよ。江河、君は何もわかっていない。ここで医療活動ができるのは軍の協力あってのことだし、芝垣さんがいろいろ調整してくれたからじゃないか。わかっているのか。君たちだけで何ができる。自分たちは医者だと少しばかり思いあがっているのと違うか」

竹財の怒声に成岡の顔色が変わった。

「なにお、竹財、なんだ、その態度は。言葉に気をつけろ。お前、司書なんだろう。医療のイロハも知らないくせにあんまり偉そうなことを言うものじゃないよ」

今度は竹財が激高した。

「司書のどこが悪い。俺は自分の仕事に誇りを持っている。医者がなんぼのもんじゃい。もういっぺん言ってみろ。成岡、許さんぞ」

そう言うなり、いきなり成岡に突進すると、エイッとばかりに鉄拳をふるった。あっという間の出来事だった。成岡は吹っ飛び、床にもんどりうって倒れた。すぐ立ち上がると怒りで顔が真っ赤だ。まるで赤鬼だ。その顔から鼻血が噴き出している。

それを見た江河が、暴力はやめろと竹財を突き飛ばした。コノヤローと反撃する竹財。ふたりはもみ合いながら床にコロコロころがった。

「これ、二人とも、やめないか、やめるんだ」

芝垣の大声が朝の診療所に響いた。いつの間に集まったのか、看護婦たちがドアの陰からこちらを心配そうに見詰めている。

午後から雨模様の荒れた天気になった。赤い大地を大粒の雨がたたきつけるように落ちてくる。木々は緑を増し、戸外では子どもたちが雨の行水を浴びながらキャッ、キャッとはしゃぎ回っている。

こんな天候のせいで受診者は普段より少なく、診療所は閑散としていた。早めにランプを点けたが、薄暗い所内が一層暗く感じられた。それは、朝方の成岡、江河と竹財の取っ組み合いの喧嘩の後味の悪さのせいでもある。診療が終わった後、芝垣の声掛けで、緊急の会合が持たれた。

議論のとっかかりは、喧嘩の引き金となった礼拝所問題だった。初めは重苦しい雰囲気だったが、次第に意見が出るようになった。いろいろ話し合っているうちに、礼拝所問題はきっかけに過ぎず、対立の遠因はお互いの不信感であることが明らかになってきた。

それまで、芝垣が薄々気づきながらも、あまり触れたくなかった難問が無気味に頭をもたげてきたのである。なんとか見ないふりをしてきたがもはや覆い隠すことは不可能だった。

芝垣は一年前、従軍慰問使として中国北部の各地を見て回った経験から、こんなことを感じているという話をした。中国には戦闘の被害を受けて困窮の淵に沈んでいる中国人が無数にいること。同時にそうした人たちを守り、助けている欧米の牧師、宣教師などが多くいること。彼らは日本軍、中国軍とは一定の距離を保ちながら自らの使命を果たそうとしていた。

軍におもねることはしないし、逆にあからさまに逆らうこともなかった。軍とは関係のない人道支援という独自の理念に基づいて活動しているからだ。難民を守るにはそれが一番いい方法だった。軍の側も、一般大衆を敵に回すような愚を犯すことはしたくないので、彼らの活動を認め、ある程度の協力はしていたのである。

日本の場合も、宣撫活動の一環としてキリスト教関係者の活動を認める考えだ。そうであるならば、軍には敢えて対立するような主張や行動はせず、良好な関係を保ちながら本来の目的である中国人難民支援を実現するのが最も賢明な方法である。日本軍の軍事的行動を支持しているわけではない、いや、むしろ、批判的であるが、そうした政治状況を変え得る立場にない以上、一定の枠の中で活動せざるをえない。

多少の不満はあっても、最終的にはそうした考えのもとに医師、医学生、看護婦を集めて難民救済医療班は結成されたのである。歴史の大きな渦の中で、少しでも中国人難民を助けられればと思ったのである。実際、これまで、太倉での医療活動について軍部から干渉されたり、邪魔されたりしたことは一度もなかった。これが、芝垣の説明であった。

葉子も綾も芝垣のそうした考えを理解し、同じ思いで看護婦として医療班に参加していた。京都の洛南教会で行動を共にしている竹財も同じ立場である。

一方で、成岡や京大医学生らは少し違う考えを表明した。日本軍が中国に戦争を仕掛けているというのが戦争の本質であり、悪いのは日本である。特に中国人に対する扱いは人道上許しがたいものがある。

ＹＭＣＡから漏れ伝わってくる情報によれば、南京では罪もない中国人を大量に虐殺しているという。もはや日本軍とは一線を画したい。特務部の指揮下ではなく、自由に診療行為をすることを認めてもらいたい。芝垣代表が派遣しようとした医療班が医者不足で困っているというので、相乗りする形で参加したが、軍の宣撫のための活動というのは想定外のことで、自分たちの信念や信仰上の立場からこれ以上は我慢できない。おおよそ、そんな主張だった。

江河は芝垣とは京都洛南の教会活動を通じて親しく、彼の立場も理解しているが、成岡は学生ではなく年齢も上だし、あまり親しくもない芝垣とは何かにつけて対立せざるをえない。ポッチとノッポは大学医学部の先輩である成岡の意見に引きずられていた。話し合いは二つのグループに分かれる形で大いに揺れた。

意外だったのは百合が、この京大グループについたことだった。

「わたし自身の経験から、お国のやることは信用できないとずっと思ってきました。いえ、父の病気であんなひどい目にあったのですから信用したくないんです。軍や警察は大嫌い。日本赤十字社の救援看護婦の友人もいますが、今回の戦争では軍に取り込まれてしまった。明治時代、西南戦争の田原坂の激戦で創設された時の敵味方なく救済するという理念は失われてしまっている。でも私たちの医療班は違うはずです。もうこれ以上軍と一緒にやるのは止めましょう」

百合には珍しく強い調子で訴えた。

「診療所へ来る中国人の中にはけが人も多いのですが、みな、日本の兵隊にやられたと言っています。知っていますか。切られたり、刺されたり、殴られたり。傷口がはれ上がり、本当に可哀そう」と涙をこぼした。

芝垣は東寺の門前で太っちょ警官に殴られていた仙太郎と、父を必死でかばっていた百合の健気な姿を思い出していた。癩病療養所でも不当な扱いを受け、親子で辛い思いをしたのだろうと百合を不憫に感じた。

「百合さんの気持ちはよくわかる。だけど、特務部の許可なしでは活動できないよ。芝垣さんだって軍に協力したいわけじゃない。中国難民を助けるという活動を継続するために軍との関係で苦労されているんだよ。もっと現実的になるべきじゃないかな」そう発言した竹財に葉子が賛同する。

「そうよ、竹財さんの言う通りだわ。成岡さんの理想論はもうたくさん。私たちの身分は形の上では軍属ということになっているのよ。忘れてないでしょう？　そうじゃなければ、太倉にいることさえできないのよ。日本兵が南京で虐殺したっていうけど、本当かどうかわからない。中国の兵隊だって、略奪、強姦をあちこちでしているじゃない。そもそも戦争になっているのもこの国の政治がなってないからよ。そんなこと常識じゃないの」

葉子は煙草を取り出し、火をつけた。診療所の内外で多くの人が亡くなるが、その臭いがすごい。どうしてもその異臭が我慢できず、煙草を吸い出したのだが、極度に緊張した今、思わず、吸いたくなったのだろう。

そんな葉子の態度と言い方にムッときたのか、江河が「葉子さん、こんな時に煙草はやめてください。はっきり言いますが、中国を批判しても日本の罪が軽くなるわけじゃないですよ」と反撃する。

うるさい、黙れとばかりに煙を吹きかける葉子。江河は逃げ腰である。

「江河さん、日本の罪っていうけど、それって何なんですか」綾である。もともと、綾に好意を抱いている竹財は思いがけない援軍に内心こみ上げるものがあった。

「そんなことはハッキリしている。柳条溝事件をでっちあげて満州国をつくったこととそれ以降、南京虐殺までの罪のことですよ」

「あなた、満州国建国に反対なんですか」

「賛成も反対もない。日本の軍国主義化が日中両国民を苦しめている実態を指摘しているだけです」

「そういうあなたはどこの国の人ですか。日本人ですよね」

「だから、苦しんでいるし、中国の人たちには申し訳ない気持ちでいっぱいです。だからここに来ているんじゃないか」

「じゃあ、それでいいじゃない。日本人としてしっかり働きましょうよ、祖国の悪口を言うのはやめて」

「そう言われても」綾に言い負かされた格好の江河は助けを求めるように百合の方を見た。しかし、百合はそれを無視するかのようにそっぽを向いたままだった。

医学生にはＹＭＣＡの一方的な情報が相当流れているのではないかと芝垣は推測した。議論は何度も堂々巡りし、激論と沈黙とため息を繰り返しながら深夜に及んだ。

議論が沸騰し、非難合戦がまた始まった。罵声が飛ぶ。誰かが机をたたく。別の人間がそれを諌める。誰もがいい加減にしてくれと、そう感じ始めた時だった。芝垣が立ち上がり、両手を大きく広げると、大きな声で叫んだ。

「アーメン、ハレルヤ、いざ起《た》て、何事も畏れることはない。よく聞け、畏るるなかれだ」

苦しいことがあっても、悪しき者が現れても最後まで頑張れば何とかなる。神の御心が天に行われるように地上にも行われるはずである。何を軍部を畏れることがあろうか、いかに意見の相違や仲間割れがあろうと、そんなことは問題ではない。志と信念がある限り道は開ける。何も怖いものはないはずである。そんな思いを込めた絶叫である。

今、芝垣のいら立ちと憤りは頂点に達しているようにみえた。長身の大男が長い手をいっぱいに広げて発した言葉は部屋中に響き渡った。特に、畏るるなかれ、という力強い言葉は、苛立ちと怒りと悲しみを越えて、そこにいたすべての人の胸に衝撃を与えた。

沈黙が支配した。

その静寂の中で誰もが自らの心に問いかけているようだった。高い理想と熱い志を持って、この地に足を踏み入れたはずなのに、われわれは一体、何をしているのだろう、何にこだわり、なぜ仲間を悪しざまに言い、罵倒しようとしているのか。こんなことでいいのか。これが自分たちのしたいことなのか。本来の目標を見失っているのではないか、と。

芝垣を見やると、不思議なほど穏やかな顔に戻っている。いたずらを見つけられた子どものように少し照れながら。その芝垣がようやく沈黙を破った。

「正直、どちらが正しいのか私にも判断できない。信念が強いと言えば立派だが、一方は妥協しようとし、もう片方は意固地に自説に固執している。そういう意味ではいずれも間違っているのかもしれない。いずれにしろ、明日の事もあるし、今日はこれくらいにしよう。われわれは大きな矛盾を抱えている。いろいろ意見はあるだろうが、私としては、とにかく今の活動を継続することを最優先したいと思う」

百合は自室に戻り、後悔していた。あれほどお世話になっている芝垣なのに、会議の席で、あろうことか、彼のやり方に異議を唱えてしまったのだ。いくら悔いてももう遅かった。父がこのことを知ったら何と言って怒るだろうか。恩知らず、恥知らず、馬鹿者。口角泡を飛ばして自分を非難する父の姿が瞼に浮かぶようだった。

普段は温厚な父だが、怒るとこわかった。特に政治や政府の話になると批判は止むところがなかった。だから百合も政府や軍にはまったく信用を置いていなかった。癩病を患った父への扱い、警察や役人の無慈悲さには腸が煮えくり返っている。

だから議論の中で言ったことは本心からのものである。しかし、それが、芝垣の苦労を踏みにじることになるとしたら、それは本意ではない。本当に愚かだった。未熟ゆえとはいえ、失礼なことをしてしまった。

東寺で父娘を助けてくれたこと、療養所まで付き添ってくれたこと、今回、中国まで連れてきてくれたこと、どれをとっても感謝の気持ちでいっぱいだった。宗教を越えた人間としての大きさ、寛大さ、やさしさのある人だ。それに甘えて、あんなことを言ってしまったのだ。百合は涙を何度もぬぐった。いつかは芝垣に許しを乞おう、そう心に誓った。

翌日、芝垣は西海少尉を訪ねた。

「また礼拝所の件ですか。戦争が長引いて、軍の幹部も皆いらだっていますから、あまりややこしい案件は持っていきにくいのですよ」西海は渋い顔をした。

芝垣は目の前で手をヒラヒラさせ、「いいえ、私としても、特務部と事を構えるつもりはありません。医療活動に影響が出るのは避けたいですからな」

その一言で西海は、祈祷所設置の要求が収まったと理解し、あとは雑談になった。

「芝垣さん、あなたも知っている通り、漢口、広東も陥落は時間の問題ですが、国民政府はさらに奥へ移るでしょう。もう軍事的な解決は困難で、長期戦を覚悟するしかない情勢です。昨年締結した日独防共協定はイタリアの参加により、日独伊三国防共協定になりました。ドイツはことしに入ってオーストリア併合、五月には満州国を承認した。今やドイツが日本の強力な味方ですよ」

西海の解説に芝垣はうなずいた。

「なるほど。ドイツは中国から軍事顧問を引き上げ、武器供与も停止したが、こうなれば、代わって米国が中国の援助に乗り出すのは間違いないでしょうな。ところで、ソ連はどうなっているんですか」

「御承知の通り、日本軍は七月のソ連・満州国境を巡る紛争、いわゆる張鼓峰事件で軍事的な敗北を喫しました。陸軍参謀本部は石原莞爾作戦課長が対ソ戦を準備しており、軍備を五年間で倍増させるはずだったが、これでこの構想はつぶれた。ソ連との衝突はまだあるかもしれませんが軍の関心はアジアです。外務省内でも親英米派に替わってアジア派や、ドイツ、イタリアとの連携を支持する革新派が台頭しているそうだ。ドイツのおかげでオランダやフランスが崩壊すれば、東南アジアで力の空白が生じるのは間違いない。日本としてはそこにつけ入って経済権益を確保しようという狙いです」

「確かに石油をはじめアジアの資源はのどから手が出るほど欲しいでしょうからね。そうなれば決定的に米国と対立することになります。今のうちに和平協定を結んだ方がいいのではないかな」

芝垣はかねてより抱いていた懸念を口にした。しかし、西海の答は意外なものだった。

「政府もいろいろ努力はしているようだけど、もう手遅れでしょう。近衛首相はいま、東亜新秩序構想なるものを練っており、近く発表の予定という情報も入っている。おっと、これは内緒の話です、なにとぞ内密に。この構想は東亜永遠の安定を確保すべき新秩序の建設を謳っており、今はそのための戦いであると戦争継続を正当化するようです。東アジア、つまり日本、満州、親日派の汪兆銘を首班とする中国、この三か国の永遠の安定を確保すべき新秩序です」

「まさか本気で米国と戦争をするつもりじゃないだろうね」驚いて芝垣が尋ねると
「いや、いくら何でもそれはないでしょう。考えられません」と西海は笑った。

「われわれクリスチャンは米国との関係が強いのですよ。医学生は信者でＹＭＣＡに属していますから、そちらからの情報も得ていると思います。南京での虐殺の話なんか詳しいですから」

「芝垣さん、南京の件は話がオーバーに伝わりすぎています。医学生もそんなでっち上げを信じちゃいけません。戦場ではよくあることです。こりゃ、ますます礼拝堂の話は難しくなりましたね」

三

コレラがすっかり治り、博文のおばあちゃんが退院した。

「よかったわねえ、博文」百合が声をかけた。

博文は何度も見舞いに来ていただけにうれしそうだった。博文のお母さんが、お礼にと畑で穫れた野菜を籠いっぱいに持ってきてくれた。コレラで亡くなった人も多い。おばあちゃんも入院した時は虫の息だった。治癒したのは奇跡的な出来事といってよかった。

「博文、おめでとう。百合さん、看護婦をしていてよかったと思える瞬間ね」綾が微笑んだ。深夜の話し合いで、百合が軍への不満を漏らして以来、葉子から冷たくされている。綾も百合の言い分は承知できないが、癩病療養所での辛い体験を知っているだけに、その気持ちは理解できた。

皮肉なことに、それからほどなくして、コレラ患者が急増した。どうやら地域にまん延し始めたらしい。あれだけコレラの予防注射をしたというのに効果はなかったのだろうか。芝垣は信じられない思いだった。やはり、戦争で衛生環境が悪化しているのだろう。十分な栄養が取れてないことも影響しているに違いない。

事務長室のドアが開いてポッチとノッポが入ってきた。

「芝垣さん、お願いがあります。成岡さんからの伝言です。緊急事態なので、軍にコレラの治療薬と予防注射の薬を大量に提供してもらってくださいとのことです」

礼拝所は設けられず、朝のお祈りは個々人が自室で行うことになった。芝垣はまじめに続けていたが、成岡や医学生がどこまでちゃんと祈っているのかは知らない。わかっているのは、ケンカして以来、成岡と江河の二人が芝垣との間に距離を置いていることだ。含むところがあるのだろう。

軍の指示に従いたくないといいながら、困った時は、あれが足りない、これがほしいと軍に頼ってくる。一体なにを考えているのか、矛盾しているとは思わないのか、軍の薬がなければ診療所も維持できないのに、と少し腹が立った。少なくとも、必要なものがあるなら、成岡自身が依頼に来るべきではないか。そのあたりは、ポッチとノッポも察しがつくらしく、バツが悪そうに下を向いている。

「ところで、君たちは自室でちゃんとお祈りをしているのか」芝垣が意地悪く尋ねると、

「僕らはＹＭＣＡの活動に関心はありますが、あまり熱心な信者ではないのでしていません。食堂でのお祈りは成岡さんの指示に従ったまでのことです。今は忙しくて、それどころじゃありませんよ」

と声をそろえる。あまりの素直さに芝垣はあきれるしかなかった。

患者が増え、診療所は野戦病院のようになってきた。どの患者も年齢よりかなり老けてみえる典型的なコレラ顔貌《がんぼう》ばかり。下痢、嘔吐を繰り返し、腹部は陥没し、ゴロゴロ雷鳴がなっているような音を出している。

皮膚は弾力がなく、つまんでも皺はそのままでいつまでたっても伸びない。眼窩は陥没し角膜の光輝がない。リンゲルとカロナジンを注射するといくらか元気を取りもどすが、嘔吐と下痢が再び始まり、ベッドの上に水様の便を垂れ流している。

死んでいく者も少なくなかった。入院するのにもベッドが足りないので、コレラ患者は近くの廃寺の境内にテントを張って隔離することになった。

机を並べて緊急のベッドにするのだが、先頭に立って動いてくれたのは西海少尉だった。応援の兵隊十人くらいをてきぱきと指示しながら、あっと言う間に屋外病院を作り上げてしまった。

「依頼されたコレラの治療薬と予防注射の薬ですが、軍の野戦病院と衛生隊に掛け合ってわけてもらい、たっぷり届けておきましたよ、成岡医師のところへ」片目をつぶってニコッと笑った。

「薬がないとコレラが広がって特務部まで汚染される、そうなったら西海少尉も困るだろう、と成岡医師に憎まれ口を叩かれましたよ」

「えっ、そんなことを。屁理屈をこねる無礼な男だ。あとで叱っておきます」

芝垣はそう言うしかなかった。

「それにしても、薬の減り方がちょっと激しいような気がしますね。あまり無駄遣いはしてほしくないです。大事な医薬品なので」西海がぶブツブツと不満を並べていると、

「大変よ、お兄さん」葉子が駆け込んできた。「綾さんが倒れたって」

「えっ、綾さんが……。綾さんもコレラか」

「違う、違う。それがね、マラリアなんだって」

「マラリア？　そうか、ここ結構、蚊が多いからなあ。夜も暑いから窓を開けたくなるものな」

太倉周辺はマラリアの汚染地区である。住民の大半はマラリア患者だといっていい。その血を吸った有毒蚊がわんさといる。それが昼間から出没するのだからたまったものではない。

男は暑さを我慢してズボンに長靴という見栄えのしない恰好で防御しているが、女性はスカートをはいているから刺されやすい。もちろん予防にキニーネを服用しているが、効果のほどは運任せである。

綾はプロの看護婦で、葉子や百合を指導する立場だけに、彼女がいなくなるのは大きな痛手だ。芝垣はまずそこが心配になった。

「一番、優秀な看護婦が倒れてしまったな。これは一大事だ。皆、大忙しだろ。綾さんがいなくなると看護の方は人手が足りないんじゃないか、葉子」

「大丈夫よ、私に任せて。中国人の看護婦見習いの女の子が二人、先週から働いているから。彼女たち、優秀だしすごく頑張っているのよ。受付に座っている趙医師の息子の宇航も患者の移送を手伝ってくれているしね。中国人スタッフはまさに獅子奮迅。こういう時には頼もしいわよ」

葉子はあっけらかんとしたものだ。何事にも前向きでへこたれないところが長所かもしれない。看護婦の免許は持っていないものの、見よう見まねで看護婦の仕事をすっかり覚えてしまっていた。中国人スタッフが必死に働いていることに感動し、いろいろアドバイスもしていた。確かに、中国人は無口であまり話もせず、何かするにしても動きがゆっくりしている。そのせいで時々いらいらしたりするが、やはり、いざとなると地元だけに頼りになる。

綾は先日の会議で応援してくれただけに、葉子は親近感がわくらしい。葉子は、私、綾さんの様子がどんなか心配だから見てくるわ、と言ってあわてて出ていった。芝垣は俺も行くよと言いながらすぐに後を追った。

「ごめんなさい。こんな忙しい時に、病気になってしまって」綾は芝垣が姿を見せたことに恐縮し、半身を起こしながら詫びを言った。

「いいんだよ、綾さん。寝ていなさい、そのまま」

芝垣が手で制する。

ひどい高熱であちこちが痛いらしい。時々、悪寒もするという。昨晩はうなされるほどだったらしいが、今も息をするのさえ苦しそうに見える。

「あの会議で生意気言ったから罰が当たったんだわ、きっと」

綾は葉子にいたずらっぽい笑みを浮かべた。日本での看護の職を投げうって、中国へ来たのだから、生半可な気持ちではないだろうが、弱気になっているようだ。

「そんなことないわよ。女だって自分の考えを持つことも、それを堂々と述べることもとっても大事なことだと思うわ。綾さんがあれだけパシっと言ってくれて助かったわ。すっとしたわ。ありがとう。だから早くよくなってね」

そう言って葉子は励ました。

綾は「私の父は軍人です。海軍ですけど、御国のために働いているのは、ここの軍人さんと同じです」と小さな声で答えた。

軍人の娘だったのか。芝垣と葉子は綾の芯の強さの秘密を垣間見たような気がした。

芝垣と葉子が病室を出ていったあとも綾は高熱のせいでよく眠れなかった。うなされながら、こんな病気なんかには絶対に負けないわと思い続けた。

綾は竹財のためにも生きなくてはと思った。周囲には内緒にしていたが、中国に渡る船の中で竹財から恋文をもらっていた。以前から何となく好意を寄せてくれていることは感じていたが、はっきり打ち明けられたのは初めてで驚いた。

太倉に来てから人目を忍んでなんどか逢引きしたが、竹財から、無事に帰国でしたら結婚しようとプロポーズされた。その夜、初めて口づけをかわした。仕事一筋の自分を愛してくれた男性がいることに綾は感謝した。

綾は幼い時から利発で気の強い子だった。海軍に勤めていた軍人の父はあまり家に帰ってこなかったが寂しくはなかった、お父様は御国のために働いているの、と母からいつも聞かされていた。だから、いずれは自分もとずっと考えていた。

看護学校を出て、癩病にかかわったのは、苦しんでいる人を助けたいと思ったからだ。伝染病なので隔離して治療する必要があるし、療養所ならいろんな支援を受けられる。患者仲間もいて差別されない。お互いに助け合うこともできる。治療の合間にお稽古事や文芸、陶芸、スポーツなども楽しめるのだ。子ども用の学校もある。

確かに、発症すると村八分になったり、隠れていて密告されたりひどい目に遭うこともある。家に消毒薬をまかれ、貨車で運ばれるなどひどい扱いを受けるのも確かだ。しかし、それでも全国を放浪して神社仏閣の境内で行き倒れになるより、治療体制の整った療養所に入る方が幸せだと思う。医師も看護婦も誠心誠意、治療や看護に当たってくれるからだ。

癩病は感染力が弱い。それでも免疫力が落ちたり栄養不足になったりすると罹患しやすい。だから、インドやブラジルなど途上国で蔓延していると聞く。

中国も同様でかなりの癩病患者がいるはずである。太倉での活動が一段落したら、竹財と一緒に、そういう人たちの看護に当たりたい。それまで頑張らなくては。マラリアなんかに負けておれないのだ。綾はそんなことをずっと考えて、熱と悪寒に耐えていたのである。

四

そのころ、竹財は暑苦しい倉庫で大量の伝票を手に悪戦苦闘していた。

西海から「成岡が頻繁に医薬品の提供を要求してくるが、軍の野戦病院の実績と比較して診療所の薬の減り方が極端に早い。ちょっと調べてくれないか。特にコレラの治療薬と予防注射用の薬についてチェックしてほしい」と頼まれたからだ。

実は以前から包帯、ガーゼ、脱脂綿の在庫が帳簿と合わないことがあり気になっていた。、忙しさにかまけて放っておいたが、まさか不正などということは考えたこともなかった。

しかし、成岡との諍いがあって以来、彼のことが信用できなくなったことも確かである。医者であることを鼻にかけて他人を蔑んでいる。周囲への思いやりがなくすべてにおいて自己中心的である。

しかし、倉庫は広いし、薬の量も半端ではない。コレラの治療薬と予防注射の薬に限っても相当な量になる。段ボールに入った薬と伝票を順番に照合していくのだが、夕方に始まった作業はなかなかはかどらなかった。

これだけコレラが蔓延していれば、薬の量が異常に膨らんでも不思議ではないかもしれないと思い始めた深夜、ひとつの段ボールを移動しようとしてふと手を止めた。異様に軽かったからだ。まさかと思いながら開けてみると中は空だった。

どういうことだ、これは。これまで調べた分は在庫数が合っているので安心していたが、これでは意味がない。腹立ちまぎれに照合済みの段ボールを蹴飛ばしてみると、ポーンと飛んでいく。これも空、あれも空、何と、在庫の半分以上が空だった。

一体、何が起こったのだ。箱だけ残して中身だけ抜くという巧妙な手口に竹財は首をひねった。盗難か、あるいは？　ともかく管理責任者の成岡を問い詰めるしかあるまい。竹財は倉庫を勢いよく飛び出した。

芝垣は遅くまで仕事の整理をしていた。竹財が、よろしいですかと断って事務室に入ってきた。柄にもなく深刻な顔をしている。

「綾さんのこと、ちょっと心配だな」

竹財と綾が仲良くしていることに薄々感づいている芝垣は気をきかせて、そう声をかけた。大陸までやって来て、仲間がマラリアに罹患したとあっては、心穏やかではないはずである。ましてや好意を寄せている女性とあっては。

一瞬、驚いたそぶりを見せた竹財だが、ええ、まあと照れながら言葉を濁した。どうやら用件はどうも綾のことではなさそうである。

「実は医薬品の在庫が帳簿と合わないんですよ。数が足りないんです」

「そういえば、西海少尉も減り方がおかしいというようなことを言っていたな。何かの間違いじゃないとすると問題だね。思い当たることはないのか」

「仕入れと使用量がわかっているので、後は倉庫に在庫として存在するはずなんですが、調べたところ、空の箱がいくつも出てきて。途中でどこかへ消えているとしか考えられないんですよ。何かの不正かもしれません」

「まさか。それは、盗難ということか」

「盗まれた可能性もありますが、外部の者が倉庫に侵入するのは難しいので、ちょっと考えにくいですね」

「在庫の管理は誰がしているんだ」芝垣がいら立った声を出した。

「責任者は成岡医師ということになっているので、事情を聴いたんですが、よくわからん、の一点張りでした。倉庫のカギは趙医師が持っているということです」

「成岡は医薬品を注文して使っている当事者だから一番詳しいはずだ。責任者がちゃんと管理してくれないと困るね。そういうことなら、竹財君、面倒でも今日から君も荷動きを監視してくれないか」

竹財は少し考えてから「趙医師に話を聞いてみましょうか」と言った。

「そうだな。趙さんが不正を働くとは思えないが、一応、当たってみてくれるか」

「わかりました」

竹財の後姿を見送ると、芝垣は窓から闇に浮かぶ月をぼんやり眺めながら、趙が医薬品を盗むだろうかと考えてみた。日本軍の野戦病院や衛生隊の建物に出入りしていていろんな情報に接し、ある種の利権に関わる心配がないではないが、中国難民救済医療班の診療所ができて中国人にいかに役立っているかを一番間近で見ているのが趙だ。感謝こそすれ、悪だくみを考えるようなことはしないだろう。

ただ、何と言っても中国人である。温厚な表情の下に日本への怨念を隠し持っていても不思議ではない。それにコレラのまん延で予防薬や治療薬は貴重品だ。誰もがこれを手に入れたがっているのも確かだ。考えたくはないが、甘い誘惑の手が伸びる可能性も否定できない。芝垣は腕組みをしたまま長い間、じっと考えごとに没頭した。

週末に近くの村でお祭りが行われるという。たまには息抜きもよかろうというので、芝垣は竹財と連れ立って出かけることにした。あちこちの路地から人々が湧きだしてくる。親子連れで楽しそうに歩く姿は日本と変わらない。子どものはしゃぐ声や笑い声がつかの間、戦争のことを忘れさせてくれる。

ふたりでのんびり歩いていると、もしもし、そこの二人連れの御仁、と呼び止められた。振り向くと手相占いである。

「どれ、どれ、手相を見て進ぜようか」怪しげな中国語だったが、なんとか理解できた。

お互いに暇だからいいんじゃないか、というふうにふたりはうなずき、足を止めた。

「ほお、これは大変な吉相じゃ、大吉相じゃよ」手相見は芝垣の手を見ながら笑いかける。「ほれ、この線をご覧。人差し指、中指、薬指、小指、この四本の指の付け根に向かって縦線が四本、くっきりと走っているじゃろう。これは『四直紋』というてな、各方面の成功者に共通の手相じゃよ。いいもの見せてもらった。あんたは将来、偉大な成功者になるよ。おめでとう」

「それはうれしいな。ところで、宗教家にとっての成功とは何かね」芝垣は聞いてみた。

占い師はかっと目を見開いた。ウーンとうなった後、「それは決まっておる。わかるかな、殉教じゃよ、殉教。わかるかな」

男は笑ったが、芝垣は難しい顔になって黙った。殉教、教えに従うこと。神が与えた試練、厳しい現実を受け入れて謙虚に生きること。できそうで、できない。

「次、そちらの若いの、手を見せて」

あわてて竹財が手を出すと、男の表情が曇った。

「ウーン、これは。お若いの、お気の毒じゃがな。あんたは近く大変な困難に直面することになるかもしれん」と無気味なことを言う。

「なんだって、大変な困難ですか」竹財は困惑した声でうなった。

「そうじゃ、あんたは人を助けたり、支援したりする同情心と慈悲心の強い人じゃ。それが手相に出ておる。この親指の第一関節のところに、眼のような形が見えているじゃろう。これは『仏眼紋』といってな、立派なご先祖さまがいて、その先祖の助けであわやという窮地を脱出できるという手相なのじゃ。逆にいうと、先祖の助けを必要とするほどの大変な試練に立たされることになるということじゃ」

あわやという窮地？　帰り道で竹財の内心は不安でいっぱいになった。

「試練とか窮地とか、何のことだろうな」芝垣の問いかけに、竹財はしばらく黙った。

「ひょっとすると、問題の医薬品のからみかもしれませんね」

「医薬品か。そういえば、趙医師は何か言っていたかね」

芝垣が思い出したように尋ねた。

「実は、その事なんですが」竹財は話しにくそうに眼を伏せた。「もう少しはっきりしてから、芝垣さんに相談しようと思っていたのですが」

うん、と芝垣が身を乗り出してきた。

「昨晩、ちょっと倉庫の監視に当たってみたんですよ。あれはちょうど勤務後、夕飯を終えたころなので、午後八時ころでした。隠れて出入口を見張っていると、ドアが静かに開いて誰かがそっと出てきたんです。怪しいなと思って後ろからそっと近づいて、こんばんわ、と声をかけてみました。案の定、趙さんでした。こんな時間にどうしたんですかと尋ねると、いや、なに、ちょっと倉庫の状況を見たいと思いましてという返事。大きなリュックを背負っているので、中身を確かめようとすると、たいしたものではないですとごまかしながら私の手を振り払って逃げていきました」

「それは怪しいな」

「明らかに狼狽していました。目がキョロキョロして落ち着かないんです。吹き出した汗をハンカチで何度もぬぐっていました。趙はクロですね。私の直観では」

「そうか、それは厄介なことになったな。盗んだ薬を横流しするといっても簡単ではないだろう、彼の背後関係というか、周辺に誰かいるのかな」

「そのあたりを嗅ぎまわったりすると、さっきの手相占いのご宣託のように、私がひょっとして何らかの窮地に陥り、試練に直面するということかもしれませんね」

芝垣はウーンと腕組みをしたままだった。

「慈善活動は簡単ではありません。母校の明治学院の校歌は島崎藤村の作詞なんですが、こういうくだりがあります。霄《そら》あらば霄を窮めむ、壌《つち》あらば壌にも活きむ。理想はあくまで高く、一方で地を這いずり回ってでも頑張る、霄と壌、この心意気ですよ」と竹財は胸を張った。

その時、ちょうど、向こうから西海少尉がやって来た。この日は珍しく私服で、明るい青のシャツを着て現地人らしい小柄な男と一緒だ。こちらに気づくと一瞬、戸惑ったような表情を見せたが、すぐに寄ってきた。

「これは、これは、芝垣さんに竹財さん、おそろいでお祭り見物ですか」

「西海さんも？」

「ええ、まあ、そんなところです」と言いながら、隣の中国人に目をやる。「ちょうどいい。おふたりに紹介しますよ。友人の陳浩然《チェンハオラン》さんです。いい人ですよ」

陳はわざとらしく頭を下げだが、言葉を発しなかった。口元をわずかにゆがめただけで、目は笑っていなかった。どうやら普通の庶民ではなさそうだ。軍人と付き合いのある現地人ということになると、様々な職業が浮かぶが、友人と言っただけで何をしている男か西海が説明しなかったことに、芝垣はいくらかひっかかりを感じた。

成岡はドアを小さくノックする音を聞いた。開けると趙医師だった。慎重に周囲を警戒しながら素早く部屋に滑り込んできた。

「趙さん、突然、どうしたんだ。何かあったのか」

「倉庫から薬を持ち出しているのがばれたかもしれない。昨日の夜、竹財に倉庫から出てきたところを目撃されてしまったんだ」

「ちょっと待ってくれよ。あんたが、倉庫から何かを持ち出しているなんてことは、俺は知らんよ。もし、仮にそんなことをする輩がいたら、それは犯罪だ。そんな悪事に俺が関与するなんてことはありえない話だ。わかっているよな、趙よ」

「ああ、そうでした。成岡さん、すみません、うっかりしました。確かにあなたは知らないことになっているのですが、実はいつものようにリュックにコレラの薬を入れて運んでいる時に、竹財にバッタリ出会ったことでうろたえてしまいました。いえ、なんとかごまかしたので大丈夫だとは思うのですが、一応、管理責任者のあなたには報告しておいた方がいいだろうと……」

「知らん、知らん。俺は何にも知らんぞ」

「本当に申し訳ありません。私も、こうなると身に危険が及ぶ可能性があるので、もう薬は要りません。その代わり、あの黒服の白人さんにも会わないことにしたいと思います。成岡さん、どうか彼にそう伝えていただけませんか」

成岡は唇をかんだ。趙のドジめ。何をやっているんだ。それにしても竹財が倉庫を見張っているとは意外だった。薬の段ボールの数と帳簿があってさえいれば横流しがばれることはないと高をくくっていたが、竹財という男はなかなか油断ならないヤツだ。いや、彼の背後には芝垣がいて、指示を出しているのかもしれない。あいつならやりかねない。

気が付かなかったが、あのジェームズという白人は、ずっとわれわれ医療班をマークしていたようだ。そう、上海滞在中に訪ねてきた教会関係のあの男だ。日本軍の情報を集めていると話していたが、同じクリスチャンだから協力してもらえるかもしれないと思ったのだろうか。

成岡たちが太倉に到着し診療所が活動を開始してまもなく接触してきたのだ。

「成岡さん、あなたには絶対に迷惑をかけない。世界の平和のために協力してください。日本の軍国主義には多くの国が反対しています。軍事行動をやめさせるために日本軍の情報が必要なんです。あなたは軍に協力的なシバガキとは違いますよね」

男は論理的に成岡を攻めてきた。確かに、もし、芝垣に声をかけていたらうまく行かなかったに違いない。軍国主義に反対する私を選択して正解だったのだ。といってもできることはたかが知れている。地元の人間の方が詳しかろうと、趙を紹介してやった。もちろん、趙が協力してくれるとは期待していなかったが、意外にも、条件付きで引き受けてくれたのだった。その条件というのが薬だった。

うまく行くかどうかわからない。それでも、威張り散らしている軍部に一泡吹かせてやれるものならお安いものだ。薬が闇に消えようとこちらの財布が痛むわけではない。考えようによっては、軍に打撃を与えることができると言えなくもない。長い目でみたら、そうしたやり方こそ世界平和に貢献するのだ。ジェームズも確かそんなことを言っていたではないか。

成岡は趙を冷ややかに見降ろした。

「わかった。しばらく静かにした方がよさそうだ。あの黒服の白人にはそう言っておこう」

第六章　スパイ事件

一

芝垣の宿舎から診療所への出勤時刻は通常、午前十時頃だったが、このところ勤務する前に、入院している綾を見舞うのが日課になっていた。この日、九時ごろ病院に着くと、玄関前に人だかりができ、制服姿の軍人や警察官が走り回って異様な雰囲気である。パトカーや軍用車両も止まっている。

何が起こったのかと訝りながら近づくと暑気に混じってむっとする嫌な臭いが鼻を突いた。人だかりを強引にかき分けて玄関にたどり着いた。周りは文字通りの血の海である。異臭の元はこれだ。

脇にこんもり盛り上がった古いムシロがあるのが目に入った。芝垣はハッとした。横たわっているのは恐らく死体で、大量の血の原因はこの死体に違いない。初めは死角になってよく見えなかったが、左足の足首から先がムシロからはみ出ている。

色が白く大きな足であることからして死んだのはかなりの大男のようである。診療所の窓から何人かがこちらをのぞいている。髭を生やしているのは成岡のようだが、はっきりしない。

その時、竹財があわてて近づいてきた。

「大変な事件ですよ。僕もいま出勤してきたばかりです。芝垣さんのところにも連絡したらしいですが、宿舎を出た後だったようです」

「一体何が起こったんだ」

「はあ、それが、軍も警察も何も教えてくれないのでよくわからないのですが、人が亡くなっているのは間違いありません。事故なのか、殺されたのか、はっきりしたことは不明ですが」周りの様子をうかがうようにして竹財が小声で耳打ちする。

芝垣が、死体はあれか、とムシロの方にあごをしゃくる。

ええ、そうなんですと竹財は相槌を打った。

「それが外国人みたいなんです」

「外国人？　一体どっから来たんだ」

芝垣が驚いていると、後ろで誰かがそでを引っ張った。振り返ると、走ってきたのか、息を弾ませた子どもが立っている。博文だった。

「博文じゃないか、どうした」

芝垣と竹財のただならぬ様子に気おされながらも、博文は芝垣の袖を引っ張りながら、目で、こっちへと必死に合図を送る。

ふたりが博文についていくと、いくつもの小さな路地の角を曲がりながらどんどん村の奥へ入っていく。突然、博文が足を止めた。その先に人だかりがしている。そして、皆が上を見上げている。

芝垣も上を向いてギョッとした。空に向かってまっすぐに立った棒のテッペンに黒いボールが括り付けられている。いや、ボールだと思ったのは、よく見ると、黒い髪に覆われた人間の生首だった。首のところですっぱり切り取られロープで棒に結ばれているのだ。そこから白い布が垂れており、よく読むと、中国語で「私はスパイです」と大書してある。

「診療所の玄関先の死体には首がないんだよ。皆でそれを探していたみたいだけど、さっきこんなところで見つかったの。恐ろしいね」博文の目はうつろだ。

突然、隣りでゲーッと激しく嘔吐する音がした。青い顔をした竹財が体を折るようにして吐いている。生首の顔はひどく殴られたのか、損傷が激しかったが、それでも目が大きくて鼻が高い特徴は見てとれた。アジア系ではなく、明らかに白人の外国人だった。

そこへ、カツ、カツ、カツ、と靴音も高く、警察官数人が乗り込んできた。

「どいて、どいて。ホラ、どかんか。コラッ、子どもの来るところじゃない。あっちへ行け」先頭の警官が、博文を蹴飛ばしながらやって来た。「触っちゃいかん、触っちゃいかん。いいな、触るなよ」制服がはじけそうなくらい太った体型である。

警官がは何枚も写真を撮ったり、あちこちで指紋を採取したりした後、棒の上の生首を下し、白い布に包んだ。

「こりゃ、白人だな」

「アメちゃんかロスケか」

「おフランスかもしれんな」

などと警察は無遠慮に声を交わしている。死体を扱い慣れている様子で、手際よく作業が進められていく。

「あれっ、芝垣さん。あのボス、あいつですよ。東寺にいたあの太っちょ警官」

汚れた口元をぬぐいながら竹財が素っ頓狂な声をあげた。東寺の門のそばで百合たち癩病患者を乱暴に扱った、あの警官、京都駅でも会ったあの肥満体だ。

「まさか。あれっ、本当にあの布袋野郎だ。こんなところで会うとは奇遇だな。いつの間に中国へ来ていたんだ。一段と太ったな」

芝垣も驚きを隠せないでいる。

一通りの作業を終えて帰る際、太った警官もこちらに気づいたようだ。部下に指示を与えて先に帰らすと、ゆさゆさと巨体をゆらしながら警棒を片手に寄ってきた。

「おい、こら。お前ら、どこかで見たことのある面だな。おお、そうじゃ、思い出した。京都駅裏の耶蘇だったな。こんなところで何をしておる」相変わらず横柄な男である。

「これは、これはお巡りさん。お久しぶりです。京都ではお世話になりました。こちらにいらっしゃるとは存じ上げず、失礼しました。本日は、おつとめご苦労さまです。実はわれわれはこの近くで中国人難民のために診療所を開いているのであります。もちろん、日本軍特務部のご協力いただいております」

東寺や京都駅での投石事件で因縁のある竹財が気味の悪いほど馬鹿丁寧なあいさつをした。もちろん、肥満体の警官を小馬鹿にしているのである。何か魂胆でもあるのだろうか。あるいは単なる目くらましか。

「なに、診療所だと。そうか、ということは、殺しのあった現場か」

「殺しというと、やっぱり殺人事件なんですか」

「見ての通りだ。首が切られておる。殺人事件に間違いなかろう」

芝垣が「白布に書いてあったスパイというのは、どういうことですかな」と質した。

「さあな。本当かどうかも含め、今の段階ではよくわからんな。これから調べなくちゃならんが、最近、あちこちからスパイが入り込んでいるのは間違いない。お前らもせいぜい気をつけることだ」太っちょ警官はそう捨て台詞を残していった。

芝垣は特務部の取調室に座っていた。その朝早く、西海少尉に呼び出されたのだ。特高警察が聴きたいことがあるのだという。

部屋の正面には痩身の取調官が座り、芝垣をにらみつけている。西海は部屋に入る前に耳打ちして、大丈夫ですよ、正直に話してくださいと言ってくれていた。その西海は今、部屋の隅で心配そうにノートを広げている。芝垣はこんなところに呼ばれる理由を思いつかないので不安が募る。一体、何を聴かれるのだろう。普段はものに動じない性格だが、さすがに心細かった。

突然、取調官が机の上に一枚の写真を放り投げた。

「おい、この写真の男に見覚えがあるか」

爛爛と目が強い光を放っている。薄暗いうえにピンボケでよくわからないが、男がふたり映っており、なにやら封筒のような物を手渡しているところが撮影されている。左手に大柄の男、それに比べると右の人物はかなり背が低い。その小男の顔をじっと見てハッとした。知っている男のような気がする。

「どうだ」

取調官は厳しい口調で尋ねる。

「はっきりはわかりません。ただ」

「ただ、なんだ」

「はあ、ただ、診療所にいる男にちょっと似ているかもしれないと」

「ほう、それは誰だ」

正直に答えていいものかどうか、芝垣は躊躇したが、いずれわかることだと覚悟を決めた。

「診療所で働いている中国人医師で趙さんという名前ですが」

相手は満足そうにうなずいた。

「なんだ、知っているじゃないか。そうか、趙ねえ。正直でよろしい。で、隣りの男は」

隣の大男は知らない。いや、最初はそう思ったが、正直に言えば、どこかで見かけた顔のような気がしないでもない。誰だろう、やはり思い出せない。

「見覚えのない人です」

「よく見ろ、隠し立てすると身のためにならんぞ」

芝垣は写真をもう一度見つめた。

「何度見ても知らない人ですね」

取調官は突然、立ち上がると手を後ろで組んだまま部屋の中をゆっくり歩き始めた。何も言わないが、ピリピリした緊張感が伝わってくる。芝垣は自分が大きな罪を犯して取り調べを受けているような錯覚に陥った。胃が締めつけられるようだ。体が硬直して動かない。

取調官はわざとらしく声をひそめて語り出した。最近、米国の情報機関に属するスパイが太倉に潜入したとの情報が入ったのだという。ようやく、それらしい男を見つけ、尾行して撮影した写真がこれだという。男は大柄で名前はジェームズ、ある教会関連の団体職員になりすましているという。

芝垣はジェームズという名前に聞き覚えがあった。顔ははっきり覚えていないが、上海で成岡と医学生を訪ねてきて密談していた男が確かジェームズという名前だった。そう言われてみると、なんとなく似ている。あれがまさかスパイだったとは。

「そのジェームズが頻繁に会っていたのが、その趙という男だ。ジェームズは日本軍に関する情報を集めていた。趙は情報を提供していたわけだ。何か心当たりはあるかね」

「そう言われても……。特に気づいたことはありませんね。趙が軍の機密にそれほど詳しいとも思えませんし」

と言い淀みながら、趙が医薬品を無断で持ち出していたかもしれないという竹財の報告が一瞬、芝垣の脳裏をよぎった。しかし、そのことは口にしなかった。趙を守りたかったたし、何より、真相を突き止めていないのでうかつなことは言えなかった。

「ところで、お前の診療所の前に死体が転がっていただろう。見たか？　あれが、この写真に映っているジェームズだ」

取調官はニヤリと薄気味悪い笑いを浮かべて言い放った。あれがジェームズという男だったのか。異臭を放っていた玄関の血の海、ムシロからはみ出た白い足、紫色にはれ上がった醜い生首、フラッシュバックのように無残に殺された死体の記憶が蘇った。驚きのあまり体が芯から冷たくなった。そして確信した。スパイは消されたのだと。

芝垣はそれ以上、追及されることなく解放された。帰りに西海が玄関まで送ってくれた。疲れ切った様子の芝垣に、あなたが疑われているわけじゃないから安心を、と肩に手を置いて励ましてくれた。別れ際、趙のことで何か思い当たることがあるんですか、と目をのぞき込まれた。冷たい視線だった。嘘がつけない芝垣の性格を見抜いている。親切でやさしい男だが、やはり軍人だ、仕事のことになると冷酷な一面をのぞかせる。この少佐をこれまで通り信頼していいのだろうか。

「スパイだからといって、あんな残酷な殺し方をしていいのかね。あれは軍がやったんだろう」

芝垣は西海をまっすぐに見つめた。西海はさりげなく目をそらせて、つぶやいた。

「まさか、そんなことをしたら軍法会議にかけられますよ。戦争にも法がありますから。一般論で言えば、スパイというものの末路は大概あんなものですよ。いちいち裁判にかけている暇はない。見つけたらなんらかの形で即処分することになる。そういうことです」

なんらかの形とは、軍が手を下したことがわからないように、ということだろうか。

「見せしめというわけか」

「まあ、想像にお任せします。とにかく、本日はご苦労さんでした。どんな小さなことでもいいです、もし、趙のことで何か思い出したらすぐ連絡にしてください。よろしいですね。おっと、あの死体がジェームズだったということは当面、内密にしておいてください。言わずもがなですが」

当然のことながら、スパイ事件は診療所と医療班に深刻な影を投げかけた。趙医師の不可解な行動もあり、もやもやとした晴れない気持ちが暗雲のようにメンバーの心を覆っていた。しかし、様々な問題を抱えながらも、医療班の活動は続いていた。

相変わらず、連日、七十人の外来患者、百五十人のコレラ予防注射の人たちがやって来た。もちろん、入院患者の診療もしなければならない。ほかに往診もある。このままいけば、十月上旬までの活動期間中に、扱う患者は一万人近くになりそうだった。医者も足りないが、看護婦が三人というのがやはり少なすぎた。そこへもってきて綾がマラリアで倒れてしまった。人のやり繰りが一段と苦しくなっていた。

当初は午前と午後にわたって診療を行っていたが、翌日の準備の時間が取れないということで、外来患者の診療は午後に限定し、午前中は準備の時間と、入院患者の包帯交換に当てることにした。これで何とか円滑に活動できるようになった。

八月八日に診療を始めたが、多い日には三百人が列をなす盛況で、毎日てんやわんや。八月いっぱいは多忙のため心身とも疲労困憊した。

何とか頑張れたのは地元の人たち、つまり中国人の協力があったからだ。押しかけ見習い看護婦の二人は思った以上に有能で戦力になってくれた。中国人同士とあって患者とのコミュニケーションも問題がなく、ある意味、日本人看護婦より貢献度は高かった。

一見平穏に見える診療所も、やはり以前とは何かが違っていた。はっきりとは言えないが、医療行為者と患者というシンプルな構図の中に、政治や軍、民族の複雑な感情が入り混じった暗い感情がまん延しているかのようだった。一言でいえば、そこはかとない不信感とでも表現できそうなものだった。

芝垣は趙のことがずっと気になっていた。以前より無口になった気はするが、仕事そのものの手抜きはなかった。受付で患者をさばく趙医師と、英語ができる長男の宇航にはずいぶん助けられた。意外なことだが、中国では医者というのは薬を出すところで、診療はしないらしい。

だからか、趙は、受付で患者に住所、氏名、年齢を書かせると、即座に病名を書き入れた診察券を作りあげる。もちろん、この後で成岡や医学生が実際に診察をするのだが、既に診察券に、トラホーム、疥癬、リュウマチ、麻疹、急性腸カタル、流行性感冒、角膜白斑などと書き入れてあるので大いに助かるのだった。

そうした受付でのやり取りは独特だが、伝統的で社会に根差した奥の深さを感じさせるものだった。患者は症状を口で説明できないと身振り手振りで行う。マラリア患者などは手を強く握りしめ、白眼をむいて体をガタガタと震わせる。すぐに病名が推測できるなかなかの演技ぶりなのである。

博文がもたらす地元の情報も貴重であった。患者の病気の治り具合や診療所への不満から始まり、どこの食堂や屋台がおいしいかまでかなり詳しい。患者からは時折、野菜の差し入れまであった。

そんな中、悲しいことが起きた。闘病中だった綾が亡くなったのである。マラリアに感染した綾は、診療所で治療を受けていたが、回復の兆しを見せないまま、日ごとに衰弱していった。患者をお世話する側の私が寝込んでしまっては冗談にもならないわ、などとやせた顔でさみしそうに笑っていたが、ついに帰らぬ人となってしまった。

城内に小高い丘がある。丘に登り、東に向けて十字架を立て、そこに綾の亡き骸を埋めた。芝垣が聖書の一節を読み上げ、神のもとに召され安らかにお眠りください、と述べた後、皆で讃美歌をうたった。

百合は涙が止まらなかった。父とのつらい放浪の旅、度重なる執拗ないじめ、そして、京都癩病仮収容所での綾との出会いから、大島療養所への綾の度々の訪問、多くの患者や子どもたちに親身に接してくれた日々まで、懐かしい思い出が走馬灯のように駆け抜けた。

苦しみの中に喜びを見いだし、強く生きる力を与えてくれたのが綾だった。生きる場を失った百合に大陸という新たな挑戦の舞台を用意してくれたのもやはり綾であった。

「どうしてこんなことに。綾さん、あなたが励ましてくれなければ、私も癩病の父も差別と偏見の中でとても生きてはいけなかったでしょう。療養所の癩病患者や家族で、私のように感じている人はいっぱいいます。病人のために献身的に生きたあなたがこんなにも早く神に召されるなんて辛い。悲しすぎます」

葉子が肩を抱いて慰めながら、やはり滂沱の涙を流している。

「綾さん、さようなら。あんなに中国人のために役に立ちたいと言っていたのに。無念でしょうけど、あなたの志は私たちの心の中に永遠に生き続けるわ。だから、安らかに眠ってね」

成岡も江河も、ポッチもノッポも泣いている。特にポッチは、元々が不器用なタイプだけに先の殺人事件にかなりショックを受けており、精神的に参っていた。それに加えての綾の死だけに心配なほど落ち込んでいる。

西海も沈痛な面持ちで駆けつけた。西海から少し離れたところに趙の姿もあった。

一番、気の毒だったのは竹財だった。将来を誓い合った綾を失った悲しみはいかほどか。手相見の言った試練というのは、ひょっとしたらこのことだったのかもしれないと芝垣は思った。

博文が野菊の白い花を沢山持ってきて献花した。白い花の中にたった一輪、薄紫の花があった。やさしく気高く咲くさまはまるで綾のようであった。博文は涙が止まらずしゃくりあげている。

その時、一群の中国人が丘を登ってきた。

患者として綾の世話になった人たちだった。男もいる。女もいる。年老いた者、まだ若い者。その人たちが思い思いに持ち寄った品物を十字架の前において手を合わせている。遠い日本から、国境を越えてこの地にやって来て彼らのために尽くしてくれた看護婦の死を、誰もが悼んでいる。

「綾は日本人だが、私たちの友人だった」と叫ぶと、

「そうだ。彼女は天使だった」という別の声が応えた。

皆がうなずいた。そして、大声で泣いた。地面に倒れる人もいる。中国の習慣なのだろう、紙で作ったお金を焼いている。悲嘆の丘からはるか眼下に太倉の街が広がっていた。

「綾さんの死は戦死だ。痛ましい。しかし、彼女は、己の人生を全力で走り抜けた。そうじゃないですか。皆さん、もう一度、綾さんのために祈りましょう。アーメン、ハレルヤ、綾さんの死を乗り越えて前に進もう」

芝垣の怒りと哀しみの祈りの言葉が遠くこだました。

綾の葬儀の翌日だった。ポッチャとノッポが、夜、突然、宿舎の芝垣の部屋を訪ねてきた。

「ポッチャが精神的にもたないから日本に帰してくれと言ってきかないもので。こいつ意外とひ弱な

んですわ」とノッポが、横でうつむいているポッチャを見て切り出した。見ると肩を震わせて泣いている。

「僕はもうダメです。働けません」とポッチャは繰り返した。

成岡にも相談したが、アホか、しっかりせいと怒鳴られたという。芝垣は同情しながらも折角、ここまで頑張ってきたじゃないか、あともう少しの辛抱だ、と励ました。

「私だって、殺人事件や綾さんの病死で、きついんです。でも私は大丈夫です。だけどポッチャは生真面目やから」ノッポは心配そうである。

二時間ほど、愚痴ってふたりは帰っていった。ポッチャも最後にはいくらか元気を取り戻し、もう少し頑張ってみますといくらか意欲的になってくれた。芝垣はほっとした気分で二人を送りだしたが、こころの中には得体の知れない不安が渦を巻いていた。確かに、いろんなことがありすぎて、芝垣自身、精神的に限界が来ていた。


精気を失っているという意味では、心配なのは、愛する綾を失った竹財である。

完全に打ちのめされていると言ってよい状態だった。体に力が入らないし、一日中、綾のことを思っているのか、ボーッとしていた。仕事もどこか上の空で、芝垣からも時々、注意されるほどだった。医薬品の横流しと趙医師の関与についても軍から執拗に事情聴取されたが、もうどうでもよくなっていた。昼間も診療所を抜け出して近くの公園でベンチに腰かけて物思いにふけることが多くなった。

実は綾は亡くなる前夜、密かに竹財を枕元に呼び寄せた。潤んだ瞳で竹財を見つめると黙って浴衣の胸をはだけだ。月の光に浮かぶ白い乳房がまぶしかった。

「やさしく触って、お願い」

竹財はそっと手を置いた。

「私を忘れないで」

「忘れるものか。絶対に忘れないよ」

綾の目から涙が流れ落ちた。

何度も読み返してぼろぼろになった綾からの手紙を気がつくと手にとっていた。

竹財幸人様
　私は看護婦を天職と心得、このお仕事に一生を捧げるつもりで生きてきました。そんな私に好意を寄せてくれて、ありがとう。本当にうれしかった。
　中国に来てから苦しいこともありましたが、幸人さん、あなたが日々かけてくれる励ましの言葉でなんとか頑張ることができました。日本に帰ったら、あなたのお嫁さんになれる、そんな夢を温めてきた私ですが、もう、ダメです。病気なんかに負けてなるものかとかんばりましたが、疲れました。
　ごめんなさい。間もなく、天国からお迎えが来ます。でも悲しまないでください。私は看護婦として一生懸命に力を尽くしたのです。悔いはありません。あなたも私を褒めてくださいますよね。ありがとう。

どうぞ、故国に帰ったら、私のことはお忘れになって、かわいい方を見つけて結婚してください。お元気で。

雪沢綾

手紙を読むたびに悲しみが蘇った。字は途切れ途切れで乱れていた。最後の力を振り絞って書いてくれたに違いない。志半ばで倒れた綾が不憫でならなかった。

二

そんなある日、公園の池の淵にぼんやり立っていた時のことだ。すぐ横を何かがスーッと通った気配がした。

スキを突かれて驚き、アッと叫んで飛びのいた。トラックが音もなくバックしてくるところだった。竹財の体のわずか一《チセン》横、ギリギリを荷台が音もなく通過したのだ。まるでノド元に匕首を突き付けられたような殺気を感じた。

そもそも車が入ってくるような場所ではなかったから一層無気味だった。ムッとして運転席をにらむとドアを開けて小柄な男がゆっくりと降りてきた。

「こんにちは、竹財さん、綾さんがお亡くなりになったそうで、お気の毒だったね」

さすがにぎくりとしてその男の顔をにらんだ。気味の悪い男だった。中国人で、暗い目をしている。

どこかで会ったような気がしたが、それが誰かは思い出せなかった。

「いやだね、忘れましたか。私ですよ。ほら、先日お会いした陳浩然です。西海の旦那の協力者の」

流ちょうな日本語だった。村の祭りで出会ったあの男だった。西海少尉の協力者、いや、そうは紹介されなかった。確か、友人と言ったのではなかったか。この男が、綾のことを、いや、綾と自分の関係をどうして知っているのだろうか。竹財は戦慄を覚えた。

「協力者だって？　西海少尉の協力者なんですか、あんたは」

「協力者というのは最高の友達じゃないですか、ねえ、竹財さん。お互いがお互いを必要としている。好きも嫌いもない。あるのは利害関係だけだ。これほど確かな友人はいない。だから、そのつながりは固いんだよ。夫婦より、恋人よりね。ただし、利害が対立しない限りは、という条件付きではあるが」

たばこをポケットから取り出した陳はマッチで火をつけるとゆっくり吸って、煙を一気に吐き出した。ふたりはしばらくの間、言葉を交わさなかった。長い沈黙の後、陳はおもむろに大判の封筒を取り出した。

「死んだジェームズ、ヤツは米国の情報機関に属していたのだがね、そのジェームズと趙が一緒に映っている写真のことは、芝垣から聞いているだろう。そしてジェームズが教会のコネクションを使ってあんたたち医療班を訪ねたこともわかっている。

それでだ、今日は、もう一枚おもしろい写真があったのを思い出してな。それをあんたに買ってもらえないかと思って持ってきたんだ。いやなに、西海さんに渡すのを忘れていたんだ。趙は日本軍に関する情報をジェームズに渡していたらしいが、考えてみたら、そんな情報なんてたいしたことねえし、あまり目くじら立ててもな。ところが、こっちの写真があちこちにばらまかれたら、あんたちが、ちょっとばかしまずい立場になるんじゃないかと。まあ、おせっかいなことを考えてしまったわけだ。

俺、今ちょっと、小遣いに困っていてな。と言っても、あまり法外な要求をしてもそんな大金はないわなあ。よし、千円で手を打つぜ、どうだ。高くないと思うがね。まあ、芝垣と相談して、よぉく考えてみてくれないか。じゃあ、よろしくな」

竹財は押し付けられた封筒を受け取ると、写真を見もしないで歩き出した。写真のことが気にならないこともなかったが、正直、それ以上その場にいたくなかったのだ。後ろから、カ、カ、カという陳の高笑いが聞こえてきた。

帰る途中で、自転車に乗った看護婦の制服姿の葉子と百合に出くわした。横を博文が汗びっしょりで走っている。

「あら、竹財さん、どこへ行っていたの。診療所ではゆっくり話もできないけど、みんなあなたのこと心配しているのよ。私たちこれから買い物に行くところなの。その前に立ち話で恐縮なんだけど、ちょっと時間あるかしら」葉子が改まって言った。

葉子によると、博文が宇航から相談されているのだが、宇航の父親の趙医師が、困っている人を助けると言って診療所の薬を持ちだしているのだという。

それを偶然見かけた宇航が止めたのだが、趙は、貧しい中国人には薬が必要だと言い張って、止めないのだという。

「本当なら、それって泥棒じゃない。許せないと思うの。それで管理責任者の成岡さんに知らせたんだけど、あの人、あまり気にしていないというか関心がないみたいなの。奇妙よね。こうなったら三郎兄さんに訴えるつもりなんだけど、竹財さん、あなた、何かご存知かしら」

隣で百合も博文も真剣な顔を向けている。

「在庫の医薬品が帳簿と合わないので気になっていたんだが、趙先生はそんなことを言っているの。それは知らなかったな。わかった、ちょうど、これから芝垣さんのところへ行くので、相談してみるよ」

竹財は趙の薬品盗難のことは知らないふりをした。しかし、その理由が中国人への横流しだということは意外だった。陳の話では、趙はジェームズに日本軍の情報を流していたという。一体、どういうことなのだろう。


芝垣は竹財が持ってきた陳の写真を前に腕を組んだまましばらく何も言わなかった。写真にはジェームズ、趙と談笑する成岡の姿がはっきりと映っていた。何も知らない人が見れば、親しい友人同士が楽しく語らっているスナップ写真にしか見えないだろう。

しかし、一人は米国人のスパイ、もう一人はこのスパイに情報を提供していた中国人である。スパイと日本人は知り合いであり、日本人は中国人に医薬品を納めた倉庫へ自由に出入りさせている立場だ。

これを素直に読み解くとひとつの仮説が成り立つ。つまり、成岡が知り合いのジェームズに頼まれて趙に紹介する。ジェームズが趙から軍事機密を入手する見返りに、成岡は趙の医薬品の横流しを見逃す、というシナリオである。

成岡とジェームズが「反日本軍」で結託していることが根拠になっているが、おそらくこれで間違いはあるまい。芝垣はそう思った。

「竹財君、君が葉子から聞いた話の内容からすると、趙は薬を知り合いの中国人に流しているようだな」

「そういうことのようですね。しかし、趙が軍事機密に接する機会があるとは思えませんが」

「どうかな。趙は野戦病院や衛生隊にも出入りしているから、戦死者やけが人、病人の実数や様子を伝えるだけでも貴重な情報じゃないかな」

いずれにしろスパイの要請で、軍関係の情報を流していたとすると言い逃れはできない。軍が神経質になるのは当然だろうと芝垣は思った。

「趙は処分するしかないが、問題は成岡だ。彼がどこまで関わっているのか。もし唯一、正式な医師免許を持っている成岡がいなくなるようなことになれば医療班にとっては痛手だが、どういうことか本人に直接聴くしかないだろう」

この提案に竹財も肯かざるをえなかった。

「わかりました。そうしましょう。それで、芝垣さん、この写真はどうしますか。買わないと、あちこちにばらまかれてしまいますが」

芝垣は頭を抱えた。どうするか。千円なんてとても払えないし、そもそも払うべきものかどうか。

やはり、西海に聞いてみるしかないか。

　芝垣から、折り入って話があるから事務長室へ来てほしいと連絡があった時、成岡は診察中だった。おそらく趙の横流しの件だろうと想像した。ばれてしまったなら仕方がない。知らなかったということで押し通す覚悟を決めた。実際、盗難や、横流しを指示したわけではないし、見逃しただけである。忙しくて気が付かなかったと弁明すれば、それ以上は追及されないだろうと高をくっていた。

　芝垣はひとりで待っていた。部屋に入ってから成岡は横柄そのものだった。普段から唯我独尊的な物言いをするのだが、この日はそれが際立っていた。裏返せば、それだけ内心にうしろめたさを抱えていたわけである。

「何の用ですか、この忙しい時に。見て御覧なさいよ、窓口は長蛇の列でしょう。何か知らんが、早くすませてもらおうかな」

　威勢のいい言葉とは裏腹に、気分はイライラし、目が神経質な動きをするのを止めることができないでいた。

「忙しいのに済まんね、成岡さん。いや、ちょっとした問題が起きてな、それで来てもらったんだ」

「ちょっとした問題だって」成岡は視線を泳がせた。

「ああ、実は、倉庫にある医薬品の一部が横流しされていることが判明したんだ。犯人は趙だ。在庫の管理は、確かあなたが責任者だったたな」

「責任者と言われましてもね。私も忙しくて、いちいち倉庫の状況まで細かく把握はできませんよ。

形式的には私かもしれないが、これは本来、事務方のやるべきことと違うかな。まさか、趙が横流しをしているなんて、まったく気がつかなかったなあ。ひどい野郎だ。許せない。クビにするしかないな」緊張のせいか、頰がひきつってピクピク痙攣している。しかも、汗が止まらず、さかんにそれをハンカチでぬぐった。

芝垣は妙に落ち着いていた。成岡はそれが気になった。しばらくして芝垣は一枚の写真を取り出し、成岡の目の前に突き付けた。成岡はそれをチラッと見て顔色を変えた。ちょっとピンボケだが、正面を向いているのは間違いなくジェームズだった。しかも、その隣で笑顔を見せているのは趙と成岡自身だった。いつの間に、誰が、こんな写真を。

「君が知り合いのジェームズに趙を引き合わせたようだね。仲睦まじそうじゃないか」

「そういうわけでも……」

「同じクリスチャンだから話も合うのだろう。そのジェームズなんだが、米国情報機関のスパイだったらしい」その言葉は成岡に衝撃を与えた。思ってもみないことだった。正義を愛する熱心な宗教家だとばかり思っていたのだから当然だ。

「スパイ？　何を言っているんだ。ジェームズは教会関連の団体職員なんだよ。中国の情勢をいろいろ調べているということで、私のところへ来たんだ。日本軍のやり方はひどすぎる。南京では一体何万人、何十万人を虐殺したんだ。ジェームズはそうした日本軍の非道な行いに対する情報収集をしようとしていたんだ。私も彼の考えは理解できる。だから仲間として助けてやろうと思ったんだ」

「それで、趙に日本軍の極秘情報を探らせたというわけか」

「まさか、趙医師にはできる範囲で協力してやってもらいたいということで紹介しただけだ」

「ところが、ジェームズは実はスパイだった。ということは趙もスパイ行為を働いたことになる。違うか」

「バカな、スパイなんてことがあるわけないじゃないか。デタラメを言うな。あくまで宗教者の立場で動いていたんだよ、ジェームズは」

「スパイじゃなければ、どうして軍があいつを抹殺する必要がある」あえて、抹殺という刺激的な言葉を使ってみたが、その効果はあった。成岡の表情がみるみる歪んだ。

「軍に……、軍に殺されたのか、ジェームズは。本当か、本当なんだな」成岡の声は弱々しく震えていた。

「ああ、先日、診療所近くで斬殺された死体があっただろう。あれが、君の友達のジェームズさ。軍自身が直接、手を下したとは思えないが、彼らの意向によるものに違いない。それで、君は情報提供の見返りに、趙の医薬品の横流しを見逃していたんだな、成岡」

「知らんよ、そんなことは。俺には関係ない」

「しらばくれても無駄だ。軍だけじゃなくも警察も捜査に動いている。特高が趙をたたけば、すぐにゲロするだろうさ。時間の問題だ」

成岡はガタガタ震え出した。ようやく自分がとんでもない状況に陥っていることを悟ったようだ。スパイにかかわったとすれば、明確な犯罪である。軍や特高の厳しい取り調べが待っているのは想像に難くない。容疑を否定すれば拷問を受けるかもしれない。ショックと恐怖で今にも泣きだしたい気分だった。

「ちょっと待ってくれ、芝垣さん。趙はもう逮捕されたのか。すまん、よかれと思ってしたことなんだ。趙は、貧しい人に薬をあげたいと言うので信じたんだ。ジェームズがスパイだなんて本当に知らなかったんだ。信じてほしい。俺は何も悪いことはしていない。嘘じゃない。本当だ。信じてくれ」

動揺は明らかだった。恥も外聞もない。成岡はもう泣いていた。

その時、ドアをノックして竹財が入ってきた。動揺している成岡を横目でチラッと見た後、芝垣に何事かを耳打ちする。やがて、芝垣は成岡を真っすぐに見つめると、こう伝えた。

「今入った情報によれば、趙が姿を消したそうだ。きのう軍から呼び出しがあったそうだから身の危険を感じて逃亡したのだろう」

「軍から呼び出し？　で、私はどうなる。どうしたらいい、芝垣さん、教えてくれ。何か言ってくれ。頼むよ」

成岡は身の危険が迫っていることを実感した。自分も逃げ出したいくらいだった。

竹財が低い声で言った。「趙がいなくなった以上、あんたはすっとぼけるしかないだろう。実際、ジェームズをスパイと見抜けなかったのだしね。間抜けな男だよ。まったく悪気がないのだから、ジェームズのことも趙も知らぬ存ぜぬで、正面突破するしかないんじゃないの」

芝垣は首をひねった。

「それでうまく行くとはとても思えないな。軍はそれほど甘くない。趙もどうせ、捕まるか、どこかで野垂れ死ぬかのどちらかだろう。宇航は置いていったから、そのことだけが救いだ」

竹財が机の上に置いたままになっていた写真を指さした。

「ただ、この写真が出回ると、成岡さんの弁明も信ぴょう性を失う。この写真は千円らしい。あんた、買い取るつもりはないかね」

「えっ、私が、ですか。ええ、いいですよ。買い取りますよ。千円は安くはないが、この際、致し方ない」成岡はあわてて財布をまさぐった。


芝垣はその足で特務部に西海少尉を訪ねた。彼なら腹を割って話せないこともないような気がしたからだ。趙についての話を一通り聞いた後、西海は「逃げた趙は私腹を肥やしたわけじゃないから微罪かな。どこへ行ったのか知らないが、追いかける気もないしね」と厳しく追及するつもりのないことを打ち明けた。大した軍事機密も漏れてない。しかし、話が陳と写真のことに及ぶと、西海はいきなり怒鳴った。

「えっ、あの陳浩然の野郎そんなことを。馬鹿な。どこまで薄汚い男だ。お金なんか払う必要なんてまったくないから」と拳で机を思い切りたたいた。

「その陳ですが、日本軍の協力者、端的に言って、スパイ的な存在じゃないんですか」芝垣が単刀直入にそう尋ねると、西海はニヤリと笑った。

「なかなか興味深い推論ですね。仮にもし、そうだとして、私がイエスと答えると思いますか。陳なんて人物は知らないととぼけるしかないですね」

「なるほど、そういうことですか。わかりました。それで、成岡についてはどうしたらいいですか」

芝垣が言いにくそうに口を開いた。

「成岡医師ね。困ったものです。少々軽率でしたね。そこに付け込まれた形です。しかし、実害はなかったので、扱いが難しい。現段階で言えるのは、成岡医師は、やや、思想傾向に問題のある人物というのが軍の評価です。一度、しっかり教育する必要はあるでしょう。少々、痛い思いもするでしょうが。命に別状はありません。これは私が保証します。ただ……」

「ただ？」

「ええ、きっちり反省してもらわないと、まずいことになる。このことだけははっきり申し上げておきますよ」

三

綾の唐突な死、薬の横流しと殺人事件という思いがけない一連の出来事。そして、それに伴う嵐のような大混乱もようやくほとぼりが冷めたかに見えた。しかし、そうではなかった。戦争の長期化で人々は疲弊の極に達し、診療所でも患者が何かと文句を言って食ってかかるようになっていた。

何か不吉なことでもやって来そうな不穏な空気の中で、ある夜、まさに思いがけないことが起きた。診療所が襲撃されたのである。

松明を掲げ、銃で武装した十数人の男たちが馬に乗って突然襲ってきた。まるで疾風のように。中国語で「野蛮な日本人はすぐ出ていけ」「中国を解放せよ」と叫びながら突進してきたのである。

誰もが目を見張ったのは、先頭の馬の背にひとりの男の遺体が括り付けられていたからだ。旗竿が馬の鞍から立っており、中国語で「こいつは裏切り者の陳だ」と書いてある。

一体何だ、あれ。診療所の窓からうかがっていると、パンパンという銃声が聞こえ、窓ガラスが粉々に割れた。松明もどんどん飛んでくる。

単なる嫌がらせなのか、背後に共産党や土匪《どひ》でもいるのか。はっきりしなかったが、たまたまその場にいた西海少尉が果敢に応戦した。

「みんな危ないから、すぐ特務部の宿舎に避難して」西海が叫ぶ。

医学生と看護婦は入院患者の多くと一緒にすぐに避難したが、「重症患者を見捨てることはできない」と頑張っていた成岡が逃げ遅れた。

芝垣と竹財が手伝って重症患者をベッドごと運び出そうとしていた時、賊のひとりが診療所の中に押し入ってきた。右目がつぶれ髪も髭も伸び放題。肌着の小掛児《シャオコオル》に袖なしの肩窄児《チエンチアル》を着ている。風体からするとどうやら匪賊のようだ。匪賊の襲撃のうわさは何度もあったが、それが現実となったのだ。

「趙はいるか。ヤツに会わせろ。医薬品をくれるという約束だったのに、突然、薬が来なくなった。どういうことだ」

恐怖がさきに立って物も言えずにガタガタ震えているだけの成岡に代わって芝垣が鋭い声をかけた。

「落ち着け。趙医師はもうここにはいない、嘘じゃない。彼がお前たちに薬を渡していたんだな」

「その通り。われわれ中国人は薬がなくて困っている。年寄りも子どもも病気でばたばたと死んでいる。それに心を痛めた趙は、キリスト教の慈善精神で俺たちに薬を渡してくれていたのだ。それが突然来なくなってしまった」

「見返りは何だ」

「見返りだと？」

「そうだ。薬の見返りだ」

薬を与えたお礼に趙は何を受け取っていたのか、芝垣はそこに関心があった。

「それはたいしたものじゃない。中国側の動きだ。国民軍や共産党にはわれわれの仲間がたくさんいるからな。その情報を、仲介者である陳浩然という男に伝えていた。陳を知っているだろう」

陳浩然だと？　西海の友人をかたる日本軍のスパイの陳、意外な男の名前を耳にして芝垣は驚いた。趙が陳とつながっていたのか。

「そういえば、陳は裏切り者だと、さっきヤツの遺体が馬に括り付けられたいたな。その陳が協力者だったのか。お前も逆に陳から日本軍の情報をもらっていたのだろう」

「そんなものに我々は関心はない。薬が欲しいだけだ。ところが突然、薬が来なくなった。陳が薬を自分の懐に入れているのだと判断して、昨日、処刑した。裏切り者に容赦はしない」

ということは陳が二重スパイということにならないか。匪賊から得た情報を日本軍に流す一方で、超医師に「貧しい中国人を救うから」と言葉巧みにもちかけ、金を取って日本の医薬品を中国人匪賊に渡していた。もちろん、匪賊はそれを貧困層に無料で配布するような連中ではない。不当に高い値段で売りさばいていたに違いない。

可哀そうなのは趙だ。彼は陳に騙されて、薬が無料で貧しい人たちのところへ届けられると信じてせっせと横流ししていたに違いない。犯行を見逃してもらうために、成岡から紹介されたジェームズに、知りうる限りの日本軍に関する機密を漏らしていた、そんなところだろう。

「趙医師に連絡がとれなくなったので、手荒な真似はしたくないが、こうして直接、薬をいただきに参上したという次第だ。わかったか。わかったら素直に薬を出せ。倉庫はどこだ」

男は大声で叫ぶと、ピストルを構え、芝垣に照準を定めた。

「危ない、伏せて」

竹財が叫んだのと同時に銃の炸裂音が響いた。しかし、それは賊の撃ったものではなかった。男はその場にどっと崩れ落ちた。撃ったのは西海だった。

「芝垣さん、大丈夫か。さあ、早く逃げて」

軍の応援部隊や警察が到着したらしく、外では激しい撃ち合いが始まっている。賊の一部は倉庫から薬を運び出そうとしており、そちらでも銃撃戦が続いている。西海少尉が横から狙われたが、間一髪で警官隊が敵を狙撃し、窮地を救った。

その銃撃戦で、太った警官が突然、匪賊の馬列の前に仁王立ちになるという無鉄砲な行動に出て肩を撃たれる重症を負った。

物陰に潜んで様子をうかがっている芝垣たちに、部下らしい警官が署長がけがをしたので診てほしいと頭を下げてきた。

竹財が駆けつけ負傷した署長を一目見て、あっと声をあげた。なんと、太った布袋警官だった。それに気づいた百合も署長の顔をのぞき込み、怒りに顔を赤くしている。誰ひとり手当てをしようとしない。

江河も「あの時の京都のお巡りじゃないですか。敵の目の前に飛び出すなんて無謀だ。頭を撃たれていたら、即死でしたよ。悪運が強いや」とあきれている。

患者には平等にやさしく、といつも言っている芝垣だが、この男だけにはそういう気持ちになれなかった。その時だった。葉子が一歩前に出た。

「何をしているの。敵も味方もないのよ。人を看るんじゃない。ケガを看るのよ」

そう言って署長の体を支えようと手を伸ばした。百合もしかたなくうなずいて葉子を手伝った。おーい、皆、手伝ってくれ。ようやく冷静さを取り戻した成岡も勢いよく立ち上がった。

翌日、芝垣が太っちょ警官の病室の前を通りかかると、イテ、イタタタ、痛いよぉ、という情けない泣き声が聞こえた。

「これくらい、我慢しなさい。男でしょ」という百合の諫める声。周りの患者も笑っている。

「もうちょっとやさしくやってくれないかな、看護婦さん」太っちょが必死に訴える。

「我慢、我慢。私たち急がしいので、包帯もゆっくりとは替えていられないのよ」

立ち上がった百合が椅子につまずいたふりをして膝を、警官の横腹に思い切りぶつけたようだ。ヒエーッ、腹が痛い、助けてえ、というすさまじい悲鳴が響く。あら、膝が、ごめんなさいと形だけわびる百合。

百合が廊下に出てきたので芝垣が「今、わざとやったんだろ」とにらむと、百合はペロリと舌を出して笑った。

「あのお巡り、百合ちゃんに東寺で会ったこと、気づいているのか」と芝垣が尋ねると、

「ぜんぜん。能天気なものよ」と首を横に振る。「でも、さっき竹財さんが来て、石を投げるふりをしたら、なんか不思議そうな顔をしていたから、そのうち気づくでしょうけど」

「昨夜、西海少尉を助けてくれた恩義もあるから、まあ、お手柔らかに頼むよ」

「そうですね。でも、かわいいところもあるんですよ、あの布袋」

「ほう、そうかい」

「左の頬が変形しているんです。ずいぶん前のケガなんですけど。どうしたのって聞いたら、去年、軍人に殴られたんだそうです。銃の台尻で思いっきり。俺も性格悪いから結構人に恨まれるんだよだって。自分のことよくわかっているじゃないのって言ってやりました」

「百合さんは厳しいね。でも、自分でそう言ったの」

「そう、反省しているんだそうです」

「本気で反省してほしいもんだね」

そう言いながら芝垣と百合は笑った。

「時々、孫の写真を取り出して眺めていますよ。名前を呼んで、もうすぐ、じいちゃんは元気で日本へ帰るから、それまで元気で待っていてくれよ、とか言いながら泣いていますよ。見かけによらず、かわいいとこありますよね」

そこへ葉子と江河が通りかかった。くだんの警官はふたりにもお馴染みだけに興味津々で話の輪に加わった。

「少し痛めつけてやってもいいよ」江河は冗談めかして言いながら、不思議な心地よさを感じていた。今まで、成岡に影響されて、医学生は芝垣のやり方を批判することが多かった。しかし、ジェームズと趙医師の一件で成岡が失態を演じてから空気が微妙に変わった。百合を含め、真摯に医療班に向き合っている芝垣の方針についていこうという機運が生じているように感じるのだ。

医療班の自由な活動が維持されており、懸念していた軍の介入や干渉がほとんどないことが影響しているのは間違いなかった。

確か、京都の洛南教会にいる時はこんな雰囲気だったな、と江河は思った。夏は子どもたちを連れて海の家へ遊びに行ったし、冬は硝子戸の隙間から吹き込む隙間風に悲鳴を上げながら小さな火鉢を奪い合ったものだ。中にサツマイモを埋め込み、それが焼けるのを楽しみにする毎日だった。

ひた隠しにしていたが、江河は密かに百合に想いを寄せていた。それらしい雰囲気を作ろうと試みたこともあったが、その努力はまったく無駄であった。

悔しいが、百合は江河に見向きもしなかった。考えてみれば当然だ。苦労人の百合からしてみれば、江河は育ちが良すぎて端から恋愛の対象外だった。当然であろう。

ただ、いつも気にして百合を注意深く見守っていて、ひとつ気がついたことがあった。それは、百合が常に芝垣のことを見つめていることだった。それも妬ましいくらい熱い視線で。江河は負けたと思った。しかし、それは、ある種、さわやかな敗北感であった。

第七章　別れ

一

時の流れは速い。支援活動も終盤にさしかかってきた。一連の騒動も終わり平穏な日々が続いていた。西海少尉の計らいもあり、結局、成岡が罪に問われることはなかった。好運だったとしか言いようがない。留置場に入れられ、多少、痛い目にはあったというわさだが、その程度で済んで周囲はほっとしたものだ。

軍や特高としては、挙国一致体制の障害となりそうな反戦的な運動や政府内で類似宗教と呼ばれる、いわゆる新宗教には神経質になっており、行き過ぎた取り調べによる悲劇も耳にする。

しかし、成岡はそれとは違う。もちろん、共産主義や社会主義とは縁がない。問題は刑事的な責任だが、これも直接、横流しに関わったわけではなく、せいぜい問われても管理者責任だから、罪状は軽微と判断されたようだ。

陳が死んだことで、例の写真を買い取るための千円の支払いの件も必要がなくなった。

診療所で忘れられないのは、事情を知った太っちょ警官が百合に涙ながらに謝罪し、二人が和解したことだ。立場によって人格が変わる者がいるが、この布袋は権力を身に着けることで、高慢、不遜になり、弱い者をいじめることを何とも思わなくなってしまっていたようである。紆余曲折はあったが、若いのに百合のように辛い人生を歩まざるをえなかった女性がいることを知っただけでも、彼の今後にとってはよかったに違いない。

「反権力」の竹財も投石したことをわびた。元々ひょうきんな一面を持っている男だが、東寺の時は、あれほど見事に命中するとは思ってもみなかったらしい。見事なストライクに一番、驚いたのは僕ですよ、と警官を笑わせていた。

父親が失跡した宇航は、当初、大きなショックを受けたものの、その後、いくらか元気を取り戻し、親戚のところに身を寄せている。

本気で考えている将来の京都大学への留学については、事件以来、謙虚になった成岡が「君のお父さんの趙先生には大変お世話になった。お父さんに代わって私が君の面倒を見たい。留学の費用などもすべて責任をもって援助させてもらうからしっかり準備するように」と励ましている。宇航にとっては夢のような話だろうが、日本と中国の関係を考えれば、将来につながる今回の医療班の成果のひとつと言ってもいいだろう。

先日、京都癩病仮収容所の林所長から連絡が入った。安徽省安慶に近い日本軍の西巻野戦病院に赴任し、軍医をしているという。百合も「私のところへも知らせがありました。ぜひお会いしたいわ。綾さんがいないのは寂しいけれど」と懐かしそうだ。あの呑み助の所長が、同じ大陸で医療に携わっていると思うと、なにか同志のような連帯感を感じた。いつか、会えるかもしれない、いや絶対に会いたい。芝垣はそう思った。

「蘇州に出かけるので、週末を利用してみんなも一緒に行かないか」

秋の気配が感じ始められるようになったころ、西海少尉から医療班にこんな誘いが舞い込んだ。蘇州特務機関長へのあいさつというのが表向きの理由だが、日ごろの忙しさを忘れて遠足気分を味わってもらおうという粋な計らいであった。

診療所も落ち着いていたので、休日のある日、全員で出かけることになった。初めて太倉を離れるというので、トラックの荷台で全員が大はしゃぎである。芝垣は浮き浮きした気分に浸り、葉子と百合は久しぶりにお化粧もして楽しそうだ。

事件以来すっかり無口になり、苦虫をかみつぶしたように渋面を作っていた成岡もこの日ばかりはにこやかにみえる。医学生の江河とポッチ、ノッポは疲れがたまっているのか、さっきから眠ってばかりいる。

よほど気分がよかったのだろう。成岡が珍しく芝垣に話しかけてきた。

「礼拝堂の件では無理を言って申し訳なかった。あんな偉そうなことを言ったけど、忙しさにかまけて毎日のお祈りをさぼってばかりいるような次第です。自分の信仰心もこの程度かとあきれてしまう。お恥ずかしい限りです」

宿敵ともいうべき成岡にそう言われると、芝垣はいろんな出来事を通じて二人の関係がこなれてきたことを感じた。考えてみれば、中国難民の救済という思いを共有しているのだから、相互理解は難しくないはずだ。

「成岡さん、古い話はもういいよ。聖書を読むばかりが信仰ではない。中国の人たちのために心血を注いでいるその姿こそ信仰心の表れといえるのではないですか。私はそう思う」

「芝垣さん、あなたは、診療所に並んだ患者の列の前でよくキリスト教の教理や福音を説いていますよね。その説教の朗々とした声が時々耳に入ってくるんですよ」

「これは失礼。うるさくて診療の邪魔になったかな」

「いえいえ、とんでもない。逆ですよ。平和の大切さとか、貧困の中で暮らす人々の心の持ちようとか、これが本当に心に響くんです。ありがたいお話だと思って聞いています。医療も大事だが、心を癒す宗教の役割も極めて大切だと、そう感じます」

「西海少尉からは、あまり目立つ宗教的活動は遠慮するよう言われていますが、どこかに出てしまうものですね。気をつけなくては」

悪戯っぽく笑う芝垣に対し成岡は「それと」とやや言いにくそうに言葉を切った。長く伸びた髭を何度もしごきながら、思い切ったように「それと、ジェームズの件では、迷惑をかけました。申し訳ない。まさか、あんなことになるとは」

まさかジェームズがスパイで、趙医師もあそこまで不正を働くとは、成岡にとってもは想像もできないことだったに違いない。

「これは死人も出ている深刻な事態だからね。責任を感じてもらわなくてはならない。西海さんが味方をしてくれなければ、軍も特高もあなたを許してくれなかっただろう。軍法会議にかけられて十年くらい監獄にぶち込まれていたのではないかな。危ないところだった」

そう真顔で諭すと、

「これでもうお咎めなしと考えていいんですか」

成岡はいかにも憔悴した表情で芝垣の目をのぞき込んでくる。

「さあ、どうかな。もう大丈夫じゃないかと思うが、まだ心配ですか。いかつい顔の割にはあなたも存外、気が小さいですな、ハ、ハ、ハ」

見渡す限りの一面の水田風景の中を、白い帆を立てた小船が行き交っている。若い日、大阪の船会社で働いたことのある芝垣にとって船には特別の思い入れがある。大きな水路だ。中国独特の白い土が溶け込んだ豊かな水を湛《たた》えている。

「水田の間をクリークが縦横に走っているんですよ。あんな大きな船でも通れるんですね。風車も回っている」

突然、後ろの方から屈託のない声がした。振り返ると江河だった。ようやく目を覚ましたとみえる。

確かにクリークはこの地では生活の中心といえる。それは道路であり鉄道のような輸送路である。そこから飲料水を取り入れる上水道であると同時に、汚物を流す下水道でもある。米をつくるのに欠かせない灌漑用水であり、魚を釣る漁場でもあった。

江河が中国人から仕入れたという取って置きのエピソードを披露するという。

「左の方、クリークに沿って質素な家々が建ち並んでいるのが見えますね。朝起きると、前夜に使った毛櫃《もうひつ》という飯盒によく似た便器をクリークで洗うんだそうです。ここからが面白いのですが、日本の兵隊の中には、この毛櫃で飯を食べたという猛者もいるそうです。そうと知ってか、知らずか」と笑わせた。

「ここでは、同じ場所で米を研ぎ、飲料水を汲み、洗濯をするらしいじゃないか。中国人というのはよほど神経が図太いんだね。並みの日本人にはとても真似できないよ」竹財が応じる。

そこへ、先導していた車から降りて西海少尉がやって来た。遠くを指さし「あれが麓尚湖ですよ。あそこで小休止しますから、ちょっと泳いでいきましょう」

日差しも強くなり気温は上がっている。葉子と百合が寄ってきて、まぶしそうに西海を見上げる。

「西海さん、泳ぐのは得意なんですか」

「もちろん、若いころ川で鍛えましたから」

西海は愛知県の生まれだという。

「愛知といえば名古屋城の金のシャチホコですね」と竹財。

「確か去年盗まれましたよね。犯人はすぐ捕まりましたけど」葉子は大騒ぎになったシャチホコの盗難事件を思い出して言った。

「昼間に天守閣に入り込み、夜になって屋根に上って犯行に及んだというのでしょう。そんな暇と能力があるなら、まともに働いてほしいものだわ」百合が口をはさんだ。

「ちょっと待った」と西海が両手を突き出して会話を止める。

「愛知県といっても名古屋は尾張。自分は三河の生まれです」

「おっ、徳川家康だね」さすがに竹財は博学である。

「そうそう。その徳川は遡れば松平氏で、発祥の地が奥三河の東加茂郡松平村なんだ。私はそこの出身なんです。矢作川の源流、巴川が流れており、その清流で鍛えたものですよ。泳ぎなら河童にも負けません。上流には紅葉で有名な香嵐渓や鞍ケ池があるんです。江戸時代は溜池だったから、こんな立派な麓尚湖とは違いますがね」

さあ、泳ごうと皆で勇んで降り立った麓尚湖だったが、悲劇は直後に起きた。

浅瀬でわいわいやっているうちはよかったのだが、突然、ポッチが深みにはまってしまったのだ。

大変だ、ポッチがおぼれているという声に芝垣が振り返った時には、西海が既に湖に飛び込み、抜き手を切っていた。

手足をバタバタさせ必死にもがくポッチ。急に沈んだかと思うと、またポッカリ浮かび上がり、皆が安心すると、またあっと言う間に水の中に消えてしまう。

「あいつ、泳げなかったのか」江河が言うと、

「疲れていたから」とノッポ。

ようやく西海がポッチのところにたどり着いた。これでもう大丈夫と誰もが思ったがそうではなかった。

西海は横泳ぎでポッチを引っ張りながら助けようとするのだが、あわてたポッチにしがみつかれ一緒に水の中に沈んだ。しばらく二人の体がもつれ合い浮かんだり沈んだりしていた。西海はポッチの手を振りほどこうとするのだが、うまくいかないようだった。ふたつの影がまた水中に没すると今度はなかなか浮かんでこなかった。

そのころには、湖の岸には多くの中国人が集まり、何やら大声で叫んでいた。やがて、どこからか、管理人がボートとともに現れ、湖の底に沈んでいた二人を引き上げた。成岡や江河が岸辺に横たえられた二人に必死になって人工呼吸を施した。

大変なことになったわ、頑張って、ガンバッテ。百合と葉子の励ましは、西海とポッチ、そして救

急蘇生のためふたりの胸をリズミカルに押す男たちに送り続けられた。

ウッ。突然、声を発したかと思うと、ゴボ、ゴボと西海の口から大量の水が噴き出た。

助かった。西海が息を吹き返した。よかった、安どの声が広がった。

しかし、青い顔のポッチの目は閉じられたまま、人工呼吸が静かに続けられていた。

「おお、気がつきましたか、西海さん。よかった。日ごろの鍛錬の賜物ですね」

意識を取り戻した西海に、成岡が目をのぞき込むようにして語りかけた。

「成岡さん、ありがとう。助かった」

横から竹財がまぜっかえす。「西海さん、三河の河童だったんじゃないんですか」

「いやあ、面目ない。それで、ポッチは」

「それが……残念ながら」と竹財はポッチの遺体にすがりついて泣く葉子と百合の方を振り返った。

普段からあまり要領のよくないポッチだが、まさか、若くして、こんな形で帰らぬ人となるとは。

芝垣は、ポッチが、ジェームズの事件などに嫌気がさして、もう日本に帰りたいと訴えてきた時のことを思い起こしていた。あの時は励まして帰国を思いとどまらせたが、あれでよかったのか。素直に願いを聞き入れて日本へ行かせていれば、こんなことにはならなかったかもしれない。まさに慙愧に堪えない思いだった。

　冷たい雨の中をポッチの遺体を乗せたトラックが行く。蘇州の軍施設に運ぶのだ。荷台で皆が凍えながら身を寄せ合っていた。竹財とノッポの様子がおかしくなった。高熱が出て、悪寒と吐き気がおさまらない。下痢もひどかった。

これでは太倉まで引き返すのは難しいということで、ふたりは大事をとって西海と一緒にそのまま軍施設に入院することになった。一報を聞いて特務機関長も駆けつけてくれた。ノッポはポッチを失ったことで精神的にも落ち込んでいた。竹財はやはり綾の死が尾を引いているのかもしれない。

夜遅く、トラックで太倉に向かったのは芝垣と成岡、江河、それに葉子と百合だけになった。そして太倉に戻ったところで成岡も動けなくなった。竹財とノッポはマラリア、成岡は急性の腸カタルと診断された。

チフスやコレラ、赤痢でなかったのは救いだったが、やはり、心身ともに相当疲労がたまって体力を奪っていたのだろう。病気の三人はしばらく入院したが、体調が思わしくなく、やむなく一足早く、帰国することになった。

「こんなことになって、本当に残念だ。ポッチにも申し訳ないことになってしまって、親御さんに会わす顔もない。最後までしっかり診療を続けたかったが、医師として無念だ。何のためにここまで頑張ってきたのに。悔しい、悔しい。本当に悔しい」太倉を去る時、成岡はそう言って泣いた。

「成岡さん、医者の不養生になってしまいましたね」やはり帰国することになった竹財が皆を笑わせようとしたが、成岡はもちろん、誰も笑わなかった。ただ、百合だけが弱々しい笑みを浮かべただけだった。

竹財が「実は僕の父も医者でした」と意外な事実を明かした。「家庭の事なんかお構いなしの仕事一筋。医は偉大なりが信条で、医院の正面にそれが飾ってありましたよ。唯我独尊。そんな父が大嫌いだった。だから医者もみな嫌いでね。成岡さん、あんたのことも気に食わないヤツだと思っていた。ケンカもしたしね。でも、いろいろあったけど、最後はよくやったよ。ギリギリで合格点を差し上げます」

成岡は苦笑いするしかなかった。

葉子が涙声で「竹財さん、また、そんなこと言って。でもいいわ、許してあげる。綾さんがいなくなってしまって、あなたも本当につらかったでしょうね。だから、下手な冗談でも怒らないわ。笑ってあげる」

竹財は嗚咽を漏らした。

芝垣は成岡の手を握って、

「ありがとう。あんたの自立した医療活動にかける頑固さには手を焼いたけど、一理あるかもしれん。いろいろ考えたが、医療班が動きやすいようにと私は軍との連携に動いた。苦渋の選択だったが、冷静に振り返ると、軍属の宣撫医療という形は、自由にやれた一方で活動の範囲を限定してしまったかもしれないと思う」

「いや、芝垣さん、そんなことはない。私のは理想論だった。理念的に正しいとしても、軍の許可がなければとても診療所での医療はできなかった。宿舎や食事、医療品の提供はありがたかったし、匪賊に襲撃されたときなど、軍や警察が助けてくれなかったら、われわれは死んでいたよ。それが現実だ」

芝垣は竹財とノッポの肩に手を置いた。君たちにも感謝している、と言ったまま、言葉が続かなかった。涙が芝垣の頬を滂沱として下っていた。

二

診療所はすっかり寂しくなった。曲がりなりにも医師といえるのは江河ただひとりで、あとは看護婦の葉子と百合、そして芝垣だけが残っている。成岡と竹財、ノッポが病気で帰国して数が減ったというだけではなかった。やはり、中国難民のためにと志をひとつにして日本から、遠くこの地まで一緒にやって来た綾とポッチが力尽き亡くなったことが、今更ながら医療班にぬぐい難い打撃を与えていた。

芝垣自身、打ちのめされていた。予定の十月十日までは何としても診療を続けたいと思っていたが、もう無理だ、残念だが帰国するしかない。苦しい中でここまで頑張ったのだ。送り出してくれた人たちの理解も得られるに違いない。初めての試みにしては大きな成果があった。芝垣は自分自身にそう言い聞かせていた。

その時、ドアにノックの音がし、何人かがどやどやと部屋の中に押し入ってきた。見習いの中国人看護婦と博文、そして、いつ戻ったのか趙医師と息子の宇航もいた。

「芝垣さん、みなさん、これまでの診療に心から感謝します。正直、日本人は好きではありませんでしたが、皆さんの献身で気持ちが変わりました。それにも拘わらず不幸な事故が相次ぎ残念です。遅ればせながらお悔み申し上げます」と一歩前に出た趙医師が話しかけてきた。

「お悔やみも何も、趙さん、今までいったいどこへ行っていたの。心配していたんだ。てっきり、もう死んでいるかと思ったよ」と芝垣が声をあげた。

バツの悪そうな顔をしてしばらく無言だった趙が言葉を絞り出すように、「私自身については大変申し訳ないことをしてしまいました。すみません。貧しい人たちのところに薬が届くと思い、陳の口車に乗って匪賊に医薬品を渡していたんですが、結局、彼らが横取りして高値で売りさばいていたことがわかりました。私がバカでした。これから軍部に出頭して罪を償ってきます」

そこで頭を深々と下げると、こう続けた。

「たぶん、みなさんは、これ以上の医療活動は不可能だから予定を切り上げて日本へ帰ろうと、そう考えているのではないですか。でも、それは許されません。困るんです。考え直してください。亡くなった綾さん、ポッチさん、日本に帰った成岡さん、竹財さん、ノッポさんもそれは望んでいないはずです。お願いです。彼らの気持ちを汲んであげてください」

葉子が顔を上げ、吐き捨てるように言った。

「不可能よ。趙さんの言うことは理解できます。それはわかっているつもりです。私たちもできれば続けたいの。でもね、人が減ってしまって。もう無理なんですよ」

百合が葉子の言葉に強くうなずく。すると、

「再次考慮、考え直してください。お願いします。私たちが頑張ります。もっと勉強して働きます」

突然、見習い看護婦のひとりが訴えるように口を開いた。

「そうです。友達も連れてきます。知り合いに看護婦の経験者もいるんですよ」もう一人の見習い看

護婦がつかみかからんばかりの勢いで叫ぶ。趙が加勢する。

「私も戻ってこられたら、患者を診察するよ。それまでの間は腕の立つ友人の医者に応援してくれるよう頼んでみるつもりです。芝垣さん、医療班をなんとか続けてくれませんか」芝垣ら一同はこの趙の言葉に、お互いに顔を見合わせた。

しばらくの沈黙の後、口を開いたのは百合だった。

「ごめんなさい。趙さん、いつの間にか、私たち自分のことばかり考えていたかもしれないわ。今そのことに気が付いたの。中国人難民のことを考えたら、私たち日本人が帰って、診療所はハイ終わりでは困ってしまうわよね」

「百合さん、ありがとう。そうなんです。日本の軍人はわれわれ中国人を馬鹿にしている。でも、中国人でも頑張る人はいる。みなさんに教えてもらって、中国人でも立派な医療ができることを証明したい。もう馬鹿にされたくない」

芝垣は感動していた。どうしてこれまで、中国人に手伝ってもらって診療所を継続するというアイデアをいままで思いつかなかったのだろう、趙医師に言われて初めて気が付いた。うかつだった。中国人に対し無意識のうちに根拠のない優越感を抱いていたのかもしれない。いっしょにやれば、助かるだけではない。医療技術を伝えることになり、日本人が帰国しても診療活動が継続される可能性が出てくるのだ。

「趙さん、確かにその通りだ。気づかせてくれてありがとう。うれしい申し出だ。おかげで目が覚めたよ。診療活動を当面継続すべく、一緒に力を合わせていきましょう」芝垣が答えると、一斉に歓声があがった。

「僕は知っていることは何でも教えますよ」江河が言うと、葉子も百合も「私たちも」と声をそろえた。

よかった、よかった、中国人もみな、抱き合って喜んでいる。お互いがお互いを思いやっている。この瞬間、芝垣は日本と中国が戦争をしているということを束の間忘れた。こうして予定の十月十日まで医療班の活動は継続されることになったのである。


ついに医療班の活動を終える時になった。誰もが感慨深い思いに浸っていた。送別会が開かれ、診療所関係者や患者、近隣の中国人百人が集まった。晴れの帰国といっても実際に帰国するのは江河だけだ。そういう意味では、新たな旅立ちの日と言った方がいいかもしれない。

葉子は太倉に残り、既に始めている中国人の子どもを対象とする日本語教室に専念することになった。先日、困ったような顔をして芝垣のところを訪ねこんな話をした。

日本語教室の生徒の話では、日本の兵隊さんが時々、中国人の家々を回ってくるんだって。きっと何かの調査なのだろうけど。するとね、女の子は怖がって全員一斉に二階や納屋、物置に隠れるそうです。とにかく日本兵は悪さをする、気をつけろと親から教え込まれているの。レイプされたり、殺されたりと、ひどい目にあった若い女性が一杯いるのよ。悲しくなっちゃうわ。

嘆く妹に芝垣は答えた。

「確かに、そういう日本の兵隊が存在するのは間違いないだろうな。でもね、葉子。そうした罪を贖う日本人もいなくちゃならない。わかるな。お前、日本語教室も苦労はあると思うけど、太倉の地で中国のためにしっかり働いてくれ。頼むよ」

「ええ、もちろんよ、兄さん。なんで日本人がここまでいろんなことをしてくれるのか、と不思議に思いながらも、子どもはなついてくれている。親切な中国人も多いから心配しないで」何事にも屈託のない葉子は持ち前の明るさを見せた。

意外ではあったが、百合も中国に残るという。上海の看護学校の助手として働き口が見つかったのだ。仕事を探すのにかなり苦労したようだが、太倉での実績がものを言ったらしい。

日本に帰っても自分の居場所がないから、と百合は冗談めかして笑った。まんざら当たっていないこともないところが痛々しかったものの、それより新天地にこれからの人生をかけようとする心意気が伝わってきてすがすがしかった。

「私、宗教も信じないし、日本という国も好きではないの。だから慈善という気持ちはこれっぽっちもないし、日本のためにという愛国心もないわ。でも中国人のこと、とても好きなんです。苦力や人夫は怖くてあまり近づけないけど、普通の人は漫々的というのかしら。細かいことは気にせずゆったりしているじゃないですか。

大人ですよね、この国の人たちは。何をやってものんびり。工夫もしなければ努力もしない。道端に椅子を持ち出して終日座り込み、キセルからプーッと長い煙を吐いている。怠惰にも見えるけど、自然でいいわね、これって。

それに比べると日本人は賢いかもしれないけれど、油断できないような気がする。ひとつの方向に集団になって突っ走っていく。仲間に入らないと皆で悪口を言う。性急で強引、とても攻撃的な民族みたい。日本人をやめることはできないけど、中国の地で暮らしたいと思います。好きな中国の人たちの役に立てたらうれしい。ここなら私の居場所を見つけられそうな気がするわ」

そして最後に付け加えた。

「中国にも癩病の人たちばかりが住む隔離村があるそうです。いつか、そこを訪ねてみたい。父のような人たちに会いたいし、少しでも力になりたいから」

実は百合は知られないように芝垣に愛情を抱いていた。別離にあたりそのことを告げようかとも考えたが、結局、打ち明けないことにした。父の病気のことを考えると自分にはその資格がないような気がしたのである。

しかし、なんとなく雰囲気でわかるのだろうか、葉子からある日、「あなた、もしかして兄のこと……」と聞かれた。もちろん、笑ってごまかした。

大陸まで自分を導いてくれた芝垣のことは感謝し、尊敬している、それだけで十分な気がした。またいつか再会する日が来るかもしれない。未来に夢を託すことにしたのである。

送別会の席で江河が懐かしそうに振り返った。

「芝垣さん、われわれが到着して上海の特務部本部にあいさつに行った時、中国中部地方の人は狡猾だから注意せよ、と大佐が妙なアドバイスしてくれましたよね。残念ながら、それは見事にハズレましたね」

「ああ、そうだね。私たちが会った中国人は穏やかでいい人ばかりだった。ただ、軍人に対しては態度が違うのだろう」芝垣が応じた。「ここは昔から戦乱の絶えない場所だ。こんな不安定な土地で生き抜くには、そうとう機敏というか、はしっこく動かないといけないからね。狡猾というとイメージは悪いが、いざとなったら、あまりのんびりとはしていられないんじゃないかな」

「ただ、初めに活動を開始した時は本当に無愛想で、これからどうなるのかと心配でした。でも、きょうの送別会にもこんなにたくさんの人が来てくれてうれしいですね、芝垣さん」

そう言って江河は会場を見渡した。

「ああ、患者というのは、日本でもそうだがあまり愛想はよくない。ただ、病気やケガが治れば医者、看護婦への信頼は一気に高まる。われわれへの信頼度があがったとすれば頑張った甲斐があったというものだ」

「特務部の人たちも宣撫工作ということで頑張っていますが、彼らをよく言う中国人はいません。軍人の前ではペコペコしていても陰ではペロリと舌を出して、結構悪口を言っていますからね」

「軍人は、中国と戦っている敵だから仕方ないね」

患者の代表、といっても近くの農夫らしき古老だが、その人が医療班歓送のあいさつに立った。あまり話が得意そうにはみえないが、村の重鎮でそれなりに人徳があるのだろう。ゆったりとした口調に、感謝と惜別の念がこもっていた。話の内容は心にしみる感動的なものだった。

わが国と日本は歴史的に見て深いつながりがある。友好的な時代もあったし、そうでない時もあった。人々の苦難と悲惨と、それを乗り越えようとする友情と思いやりの歴史は大きな河の流れの様に綿々と続いてきた。そしてその流れはこれからも未来に向かって続いていくであろう。

今、残念なことに両国は戦いの中にあり、憎悪もこれまでになくお互いの中で勢いを増している。そういう時代に日本から、あなたたちのような方々が医療班として、この地に足を踏み入れ、われわれの命を救ってくれるとは思ってもみなかった。本当にありがたいことで、心から感謝申しあげる。みなさんへの感謝の気持ちは百万言を費やしても言い尽くすことはできない。

この尊い行いがあったことは、われわれの心にしっかりと刻み込まれ忘れることはないであろう。そして、いつの日か、訪れる両国の友好の礎になることは間違いない。


おおよそ、こうした内容のことをとつとつと語りかけた。それはどんな偉い人の高邁な演説よりも心にしみた。その場にいた中国人も日本人も涙を浮かべ、何度も何度もうなずきながらこの話を聞いていた。

芝垣は複雑な心境であった。あまり感謝されると却って困惑する。中国人の不幸の原因が日本だからだ。贖罪のための医療班なのだ。心の傷みは耐えがたかった。それでも古老の日中友好の礎という言葉には慰められた。これが敵味方を越えた人道支援の力なのだろうか。

その時、ひとりの老婆がよろよろとした足取りで正面に歩み出た。後ろから博文が寄り添っている。

「おばあちゃん」百合が駆け寄った。「すっかり元気になったのね」

コレラに罹患し、診療所に担ぎ込まれた患者第一号の博文の祖母だった。おばあちゃんは医療班の面々に向かって深く頭を垂れ、手を合わせて、謝謝、謝謝とだけ繰り返した、ありがとう、ありがとうと。何回も繰り返されるお礼に、その場にいた人たちが温かい拍手を送った。

三

太倉を去る日。別れの時間が迫っていた。芝垣は日本へ帰る江河、上海で働く百合と一緒に車で上海へ向かうことになった。太倉に残る葉子はいつもの陽気さは影を潜め少し寂しそうだ。

「みんな元気でね。またいつか会えるわよね。さようなら」

名残惜しいが別れの時だ。

「じゃあ、行きましょうか」運転手はすっかり元気を取り戻した西海少尉である。

さようなら、さようなら、といつまでも手を振る葉子の姿が砂塵の中でどんどん小さくなっていく。

「ところで芝垣さん、帰国しないそうですが、これからどうなさるんですか」江河が心配顔で尋ねた。

芝垣は上海で、お世話になった関係者に挨拶をした後、旅に出るつもりだった。虐殺があったという南京を訪問して実態を調べ、それから、最近、攻撃命令が下されたばかりの激戦地、武漢を目指したいと考えていた。首都は南京から重慶に移されるといわれているが、それまでの間、戦時首都として実質的な首都機能を持つのが武漢である。

その中心地、漢口には租界地があり、そこで中国人難民の支援をしたいという思いがあった。鉄道で下っていく途中で下車し、英米の宣教師らとの祈祷会に参加したり、安慶に近い西巻野戦病院に立ち寄って、突然亡くなった林軍医の墓に祈りを捧げたりしたかった。

京都の癩病仮収容所で所長をしていた、あの林市郎である。百合親子がお世話になったし、京都洛南教会にも時々顔を出し寄付もしてくれた。その後、癩病療養所の大島青松園や長島愛生園のなどの勤務を経て、その野戦病院で軍医中尉として働いていたが最近になって急死、百合のところに訃報が届いたばかりだった。

「偉大なる医師にして酒聖、林市郎、ここに眠る」

こんなのどうかねと言いながら、芝垣が百合に手書きの墓碑銘を見せた。百合は静かに涙をぬぐった。

芝垣は「漢口にたどり着くまでにもあちこちで中国人の難民支援活動をするつもりだった。漢口ではしっかりした拠点をつくり、活発な活動をする。京都の洛南教会での経験もあるし、北平の美川牧師や欧米の宣教師をお手本にしたかった。

「個性的でわがままな医者や、その卵のお守はもうこりごりだよ。医療からは離れてひとりの人間として中国に貢献したい」

冗談めかして芝垣が笑うと、百合も滞在中の苦労を思い出したのか、大きくうなずいた。

「本当にわがままなお医者さんたちだったね。特にあの髭の医者にはまいったよ、ハ、ハ、ハ。いえ、江河さんは特に問題なしだけど」と西海が江河を見る。

「僕もずいぶんわがままでした。こちらからお願いして医療班に参加させてもらったのに、芝垣さんにはいろいろ心配をかけてしまいました。反省しています」と江河が頭をかいた。

「ポッチャの死を無駄にしないためにも、僕は来年また中国に戻って医療活動をしたいです。キリスト教なんて偽善じゃないか。愛と平和の宗教どころか、侵略と暴力の歴史じゃないかという批判があるのも確か。でも、日本軍との戦闘でこれだけの難民が出ていることには責任を感じますし、放っておけないですよ。ひとりでも多く救済したいです。今回、成果はあったと思いますが、まだまだ医者が足りないことを痛感しました。日本で全国の大学の医学部に呼びかければ、共感してもっとたくさんの医師、医学生が集まるのは間違いないです。支援者も増やしたいですね。そうなれば、もっと大きな貢献ができます。必ず大型の医療団を率いて中国へ戻ってきますよ」

芝垣は江河を頼もしく思った。

「江河君、ありがとう。たくましくなったね。いずれ、医師国家試験にも合格しないとな。期待しているよ。当面、薬が残っている間は趙医師が診療所を続けてくれることになった。ぜひ、ここへ戻ってきて医療班を継続してくれたまえ。私は中国に永住するつもりだ。いつか、会えることを期待している」

車がちょっとした山にさしかかった。道路は一気に登った後、クネクネと曲がりながら下っていく。山の頂上に博文と宇航が待っていた。

「元気でな、さようなら」

芝垣たちが手を振ると二人も大きく手を回した。車はいろは坂のように折り返しながら山を下っていく。しばらく行くと博文と宇航が再び現れ手を振っている。あれっと、二人の意外な出現に江河が驚きながら手をたたいて喜んだ。

しばらく行くと、また、二人が現れた。ふたりとも息を弾ませ、汗びっしょりでニコニコしている。トラックがいろは坂をクネクネしながら降りていくのに対し、ふたりは、山を一直線に駆け下りているのだ。もう何回か目のサヨウナラとなる。芝垣と江河が大きく手を振って、さようならと叫んだ。

博文、さようなら！

宇航、さようなら！

百合が声を張り上げて叫び、大きく手を振った。

さようなら、さようなら、何度も何度も手を振り合った。二人はもう追ってこなかった。舞い上がった土だけが、周りの風景を白くしながらいつまでもいつまでも踊っていた。

上海で芝垣は、名残り惜しそうな百合を一瞬抱き寄せ、別れた。百合が自分に好意を寄せていることは薄々感じていたし、葉子からもそう言われた。しかし、所詮は歩むべき道が違うのだ。こういうことは知らないふりをするのもひとつの愛情である。芝垣は去りゆく百合の背中に幸多かれと祈り、列車に飛び乗った。

車両は空いていた。誰にも明かさなかったが、日本の教会関係者から手紙が来ていた。日本の南京などでの虐殺行為を批判したうえで、これ以上の日本の非道が続くようなら米国が参戦するだろうと予言していた。そして、米国の正義に協力するつもりがあるなら、中国での経験や日本の軍の動きについて情報を送ってくれないかと書いてあった。

日本軍の協力者呼ばわりしながら、今度は米国に協力せよか。芝垣は苦々しい思いでその手紙を読んだ。そして、破いて捨てた。

自分たちが必死の思いで大陸で行った中国人難民支援が政治的に利用されることに言いようのない怒りを感じた。これは国家の利害を越えた人道的な立場からの支援なのだ。どうしてわかってくれないのだろう。仮に日本へ帰ったとしたら、政府、反政府の双方から批判されるのは明らかだ。中国にとどまることにした理由のひとつはそこにある。

車窓から遠くを見やりながら、芝垣は物思いにふけっていた。医療班も芝垣も短期間ではあったが、力の限り頑張った。中国もわれわれの医療技術と経験、支援を必要としていた。それは疑いがない。しかし、それでどこまでこの地の人たちの役に立ったか、貢献できたかと問われると自信がない。

結局は自己満足ではないのか。いや、自己満足で終わっていればまだよい。突き詰めれば、ひょっとして結果的に五族協和、東亜新秩序という美名のもとに大陸を蹂躙しようとしている大日本帝国主義のお先棒を担いだことにならないだろうか。

心に浮かぶのは反省ばかりである。その痛みを胸の中で何度も何度も転がしてみた。

医療班として自立した活動を展開するには、軍に頼らないでできる方法がほかにあったのではないか。成岡や医学生といたずらに対立せず、彼らの意欲を内包する支援ができたのではないか。軍から医薬品の提供を受け、宿舎などさまざまな便宜を受けて大がかりな活動を展開するのではなく、規模は小さくても心の通う支援がありえたかもしれない。欧州から来ている、そう、あのヤンセン神父のような地道な支援。母国の市民が理解し、応援してくれることこそがそれを可能にしてくれる。そうすれば軍の物資にたよる必要もない。

芝垣は前途に明るい灯を見たような気がした。

遠くに集団で歩く人々の群れが見えた。鍋、釜、椅子を台車に積み、幼子を負ぶったり、手を引いたりしている。ボロボロの着物で垢だらけ。戦闘を逃れてきた難民に違いない。中国のあちこちに、こういう人たちがあふれているのだ。

兵士が固まって歩いている。中国人もいれば日本人もいる。頭に包帯を巻き、足を引きずっている。軍服には血のりがべっとりとついている。水筒はとっくに空で、食べるものも尽きたのだろう。痛みと空腹に耐え、それでも黙々と歩を進めている。

やせ細り、髪と髭は伸び放題。眼は血走っている。人間と言うよりは亡霊のようである。その一行が静かに、しずかに、進んでいく。

歩いている人の顔が不思議なほどよく見えた。よく見ると、その顔は綾であり、ポッチャであり、酒好きの林所長だった。隣りを歩いているのは亡くなった姉だ。よく見ると父や母もいた。

ひと際背の高い男の顔が見えた時、芝垣は、思わずオッと声をあげた。それは芝垣自身だった。緑の襷をかけ、緑地に赤い十字架の長旗を手にしている。難民の行進はいつまでもどこまでも続いていた、その列は延々とつながり、途切れることがなかった。

その時、天の声が聞こえたような気がした。

「大陸から奪わんとする者は持つものをすべて失うであろう。逆に自ら与える者はそこで得てあまりあるものを手にするであろう」

自分は自ら与える者であり続けねばならない。竹財の言葉にならい霄《そら》を窮めようとしたが、現実には蒼穹《そうきゅう》は陰り、活《い》きようとした壌《つち》も乏しく、己はひとかけらの小石に過ぎない存在でしかなかった。
しかし、それがわが人生の目的だ。芝垣はそう自分を鼓舞した。

(了)

（参考文献）

志村卯三郎著『北支全線に従軍して―祖国基督者への訴へ』
神の國新聞所収　志村卯三郎『北支全線を馳駆して―従軍牧師の第一線従軍手記』
『京大YMCA太倉施療班報告―中支難民に手を延べて』（日本基督教青年会同盟発行「開拓者」所収）
『京都YMCA史』
『昭和2万日の全記録』第一巻～第五巻、講談社
本田清一著『街頭の聖者　高橋元一郎』関谷書店
清水安三著『朝陽門外』朝日新聞社
奥村直彦著『ヴォーリズ評伝』新宿書房
加藤康男著『慟哭の通州』飛鳥新社
笠原十九司著『南京事件』岩波新書
北村稔著『南京事件の探求』文春文庫
池田鮮著『曇り日の虹』教文館
三浦英之著『五色の虹』集英社
石田明人著『キリスト教と戦争』中公新書
太田出著『北支宣撫官』えにし書房

あとがき

この小説はフィクション、つまり虚構の物語であり、特定の人物の人生をそのままたどった、いわゆるモデル小説ではない。ただし、小説を書くにあたり、モチーフとなった人物が存在するので、それについて触れておきたい。つまり、この小説はまったく架空の物語ではなく、戦時中に実際に医療班を率いて中国人難民の支援をした人をヒントに書かれている。その人の名を志村卯三郎（一九〇四―二〇〇七）という。

私は新聞記者時代に日本のＮＧＯ（非政府組織）の取材を綿密にしたことがあった。一九九〇年代なかごろ、ニューヨーク駐在中に国連を担当し、ＵＮＴＡＣ（国連カンボジア暫定統治機構）の明石康代表やジュネーブにあるＵＮＨＣＲ（国連難民高等弁務官事務所）の緒方貞子弁務官を訪ねた時、国連と協力して活動するＮＧＯというものを知り、日本に帰国後、日本のＮＧＯを取材して回ったのである。

一般にはまだまだ知られていなかったものの、紛争難民や自然災害被災者への支援のほか、農業、教育、環境などの分野で国際的に活躍する団体は既に存在した。

取材の成果は二〇〇二年に日本経済新聞紙上で連載し、そのあと「こころざしは国境を越えて」（日本経済新聞社）という本としてまとめたので、ご覧いただきたいが、その取材の過程でたまたま東北新幹線那須塩原駅近くにあるアジア学院へうかがう機会があった。アジアやアフリカなど発展途上国から若者を招いて農業指導者を養成をするＮＧＯである。

高見敏弘校長へのインタビューが終わり、雑談をしている中で、そもそも誰が最初にＮＧＯ活動を行ったのだろうという話になった。ＮＧＯのパイオニア、元祖ＮＧＯは誰か？　というわけである。その時、高見校長の奥さん、信子さんが興味深い話をされた。「戦時中、父が上海にあった日中教会で牧師をしており小学生の私も上海にいたが、中国難民を支援していた志村という日本人が教会を訪れた記憶がある」と。

これが私にとって、志村という存在との出会いであった。当初は、中国大陸で戦争によって傷ついた現地の人たちを日本人が支援したというストーリーがあまりにも荒唐無稽でとても信じられなかった。

もし本当なら、何か史料が残っているかもしれないと取材したが手掛かりは見つからない。志村を知っているという日本キリスト教海外医療協力会（ＪＯＣＳ）元会長の隅谷三喜男・元東京女子大学学長を探し当てたが、「戦前、同志社の組合教会で一緒だったが、ずいぶん前に死亡したと聞いた」との話だった。

亡くなってしまったのかとがっかりしていると、信子さんの兄で、国際基督教大学の名誉教授、古屋安雄さんから連絡が入った。「ビックリしないでください。何と志村さんは健在でしたよ」。

住所を書いたメモを片手に、ＪＲ西荻窪駅に近い東京都杉並区の志村の自宅の前に立った。ところが、康子夫人からは「残念ですが、志村は十年前に脳梗塞で倒れて以来、ほとんど寝たきりなんです。インタビューはとても無理です」との返事が返ってきた。せめて顔を見るだけでもとお願いしてお宅に上がらせてもらうと、志村はベッドに臥せっている。その時、九十七歳だった。

せっかく会えたので私は静かに語りかけた。

「志村さん、戦時中に中国で難民の救済活動をされたと聞きましたが……」

初めは反応がなかったが、戦争、上海、中国難民、医療班、という言葉を重ねると、志村は目を開け、驚いたことに突然、ムックり起き上がった。

「そうです。私、志村卯三郎は京都大学の学生と大阪・道修町の薬問屋を回り、中国で戦禍に苦しむ中国人難民を支援します。賞味期限切れの薬、壊れかけの医療器具はありませんか。あればぜひ寄付してください、とお願いして回ったのです」

憑かれたように語ると、また眠ってしまった。

これをきっかけに二〇〇七年七月、百三歳で亡くなるまで何度かお会いする機会を持てたが、病気の後遺症もあり、京都や中国での具体的な活動についてほとんど話は聞けなかった。YMCAや洛南教会、同志社大学や京都大学で史料収集に当たったものの、ほとんど史料は残っていなかった。実際に中国を訪問し、志村の中国人難民医療班の足跡をたどる調査も行ったが、現地は様変わりしており、成果はほとんどなかった。

医療班に特殊看護婦として加わった、志村の妹、愛子についても記しておきたい。私が会った時は、長男の支援を受けながら鎌倉で独り暮らしをしていた。戦時中のこととあって、いろいろ心無い中傷もあったらしく、中国での活動については口が重かった。寝たきりの毎日で、目がほとんど見えないうえ、足も悪く、起き上がるのが辛そうであった。

「あの時代に志村卯三郎という人がいたことを日本人として誇りに思います」と絞り出すようにして語った言葉が印象的であった。

以上述べた通り、この小説は志村の中国難民救済医療班派遣という事実に触発されたものの、フィクションという表現方法により、美談ではなく挫折と心の痛みの物語として紡いだものである。

この小説を書かなくてはと思った動機は、戦時中に中国人を支援した日本人がいたという事実、志村や医学生の偉業を後世に残すべきだと思ったことが大きい。同時に、それが歴史から抜け落ち、キリスト教関係者の間ですら語り継がれてこなかったことを不思議に思ったからである。

一部の人が「志村は軍の協力者だった」と今も批判していることから、戦後、そういうレッテルを貼られ、いわば負の遺産扱いにされてしまったのかもしれない。しかし、志村らの活動は軍との関連だけで語られるべきではない。彼らはＮＧＯのパイオニアであり、赤十字に匹敵する普遍的な緊急人道支援活動を行ったのである。では、なぜ彼らは沈黙したのか。

小説に登場する医学生、ピアノこと篠原は聖路加国際病院の院長を務めた日野原重明がモデルだ。直接、会って話を聞いたことがあるが、志村のことを懐かしがってはいたものの、「僕は病気で中国へ行けなかったから」と多くを語らなかった。

医学生たち医療班の活動後、帰国して医師となり、大きな病院で主要な地位を占めたはずである。しかし、中国での医療活動について多くを発信するようなことはなかった。読者には、青春の熱気と純粋な正義感に満ちている、この小説世界にひたりながら、主人公たちとともに悩み、苦しみを共有しながらあの時代を疾走してほしい。そうした中で、彼らが後世にほとんど何も残さず、沈黙を守った理由を見つけてくれることを期待する。

小説の表記についてお断りをしておきたい。差別的と受け取られかねない不適切な表記は避け、例えば、北支は中国北部、支那人は中国人と言い換えるなどしたが、それが難しい場合は、当時の社会的状況を反映するためそのままとした。看護師は、当時使われていた名称、看護婦とした。

ハンセン病も、同様に当時の癩病という表記にした。なお、当時、この病気は遺伝病、不治の病と誤解され差別されたこともあったが、極めて伝染力の弱い感染症であり、戦後、特効薬プロミンなどを応用した多剤併用療法によって完治する病気となっている。

前作ではさし絵でお世話になった井上文香さんに今回は素晴らしい表紙の絵を描いていただき感謝したい。出版に関しては郁朋社の佐藤聡編集長に大変お世話になった。心よりお礼を申し上げたい。

最後に私事で恐縮だが、いつも陰ながら温かく執筆活動を支えてくれる妻、和恵に心より感謝し、本書を捧げたいと思う。

二〇二四年八月

【著者紹介】

希代　準郎（きだい・じゅんろう＝本名・原田勝広）

愛知県生まれ。上智大外国語学部卒。日本経済新聞編集委員、明治学院大学教授をへて作家活動に入る。雑誌オルタナにフラッシュ・フィクション「こころざしの譜」を連載中。著書に短編集「ミラーワールドの憂い」（オルタナ）など。

小石《こいし》と蒼穹《そうきゅう》

——あの時代《じだい》に中国人難民《ちゅうごくじんなんみん》を支援《しえん》した若者《わかもの》たちがいた——

2024年7月29日　第1刷発行

著　者 — 希代《きだい》　準郎《じゅんろう》

発行者 — 佐藤　聡

発行所 — 株式会社 郁朋社《いくほうしゃ》

〒101-0061　東京都千代田区神田三崎町 2-20-4
電　話　03（3234）8923（代表）
ＦＡＸ　03（3234）3948
振　替　00160-5-100328

印刷·製本 — 日本ハイコム株式会社

落丁、乱丁本はお取り替え致します。

郁朋社ホームページアドレス　http://www.ikuhousha.com
この本に関するご意見・ご感想をメールでお寄せいただく際は、
comment@ikuhousha.com までお願い致します。

 ISBN978-4-87302-821-7 C0093